Waschke

Einbein

Krimi

Waschke

Einbein

Krimi

Impressum

Bibliografische Information der Deutschen Nationalbibliothek
Die Deutsche Nationalbibliothek verzeichnet diese Publikation in der Deutschen Nationalbibliografie; detaillierte bibliografische Angaben sind im Internet unter http://www.dnb.de abrufbar.

Alle Rechte vorbehalten
Dieses Werk, einschließlich aller seiner Teile, ist urheberrechtlich geschützt. Jede Verwertung außerhalb der engen Grenzen des Urheberrechtsgesetzes ist ohne Zustimmung des Verlages unzulässig und strafbar.
Das gilt insbesondere für Vervielfältigungen, Übersetzungen, Mikroverfilmungen, Verfilmungen und die Einspeicherung und Verarbeitung auf DVDs, CD-ROMs, CDs, Videos, in weiteren elektronischen Systemen sowie für Internet-Plattformen.

© 1. Auflage: quowadis GbR München
© 2. korrigierte Aufl. 2023. Lehmanns Media GmbH
Helmholtzstr. 2-9
10587 Berlin
Design: Jens Waschke
Grafik: Andreas Dietz
Satz & Layout: L^{A}T$_E$XVolker Thurner
Umschlag: Jasmin Plawicki
Druck und Bindung: ScandinavianBook • Neustadt (Aisch)
ISBN 978-3-96543-408-0   www.lehmanns.de

für meine Familie.

Meine Liebe und Inspiration, mein Halt,
mit beiden Beinen im Leben zu stehen

VI
DOLOR

Wenige Tage zuvor

Jetzt hatten Sie ihn doch ertappt! Dabei war es doch nahezu unmöglich. Er hatte versucht, alle Spuren zu verwischen. Sogar die elektronischen Protokolle der Zugänge zum Institut hatte er nachträglich geändert, was alles andere als einfach gewesen war. Eigentlich konnte niemand wissen, dass er am vergangenen Wochenende noch einmal hier gewesen war, was nicht mit seinen eigentlichen Aufgaben zu tun hatte.

Trotzdem konnte er sich beim besten Willen nicht anders erklären, warum ihm gerade per E-Mail mitgeteilt worden war, sich bitte umgehend im Büro des Geschäftsführers einzufinden. Zumal dieser zuvor, abgesehen vom Bewerbungsgespräch, nie ein persönliches Treffen für wichtig erachtet und mit ihm, wenn überhaupt, nur per E-Mail kommuniziert hatte. Und das, obwohl das Institut nun wirklich nicht groß war. Eigentlich war er sogar dessen einziger Mitarbeiter, der einen festen Arbeitsplatz hier hatte. Alle anderen Mitarbeiter arbeiteten in der Konzernzentrale in den USA und, wie er seit Kurzem wusste, in einer Außenstelle in Sarajevo. Auch wenn diese Zweigstelle in Bosnien und Herzegowina sicher nie im offiziellen Web-Auftritt der Firma genannt werden würde, so viel war sicher. Auch der Geschäftsführer war, soweit er es beurteilen konnte, nahezu nie hier im Institut. Daher schien es unwahrscheinlich, dass Mr. Gordon ihn kurz vor dem Wochenende zu einem Pläuschchen bei einer Tasse Kaffee zu sich ins Büro bat. Er spürte, wie er zu schwitzen begann und seine Bewegungen fahrig wurden. Sogar seine Smart-Watch schien die Veränderung wahrzunehmen und ermahnte ihn auf dem Display: Nur mit der Ruhe, Stress ist ungesund. Atme tief durch und denke an etwas Schönes! Bullshit-Bingo!

Und das, wo er doch wirklich keine zart besaitete Natur hatte. Im Gegenteil, in seinem Job musste man schon abgehärtet sein und so einiges hinnehmen, was normale Menschen als Affront gegen den guten Geschmack oder sogar als Angriff gegen alle Normen des menschlichen Zusammenlebens auffassen würden. Wie auch immer, da der Gesprächstermin gleich um elf Uhr angesetzt war, blieb ihm keine weitere Zeit für Spekulationen, die an diesem Punkt sowieso nicht weiterhalfen. Also klemmte er seinen Laptop unter den Arm, falls sein Chef doch nur eine dringende spezifische Frage zur Abwicklung der letzten Aufträge haben sollte, und machte sich auf den Weg an das andere Ende des Korridors. Das Gebäude war sehr modern, alle Außenflächen verglast und verspiegelt, sodass er sehen konnte, dass draußen ein schöner Spätsommertag angebrochen war mit wolkenlosem Himmel. Irgendwie konnte ihn das aber heute nicht fröhlich stimmen.

Nach einem kurzen Klopfen wurde er hereingebeten. Mr. Gordon saß an seinem Schreibtisch aus Industriestahl, der auch heute wieder so leergefegt war wie das gesamte Büro, sodass er sich erneut fragte, was sein Chef wohl tat, wenn er denn mal hier war. Vielleicht war es aber auch nur das konsequenteste papierlose Büro, das man sich vorstellen konnte. Gordon trug einen schnittigen blauen Anzug ohne Krawatte und hätte mit seinem gut gebräunten Teint und seiner makellosen Frisur auch als CEO irgendeines Tech-Start-Ups durchgehen können. Aber eigentlich waren sie ja auch nur eine Vermittlungsagentur wie andere moderne Firmen von LOVOO bis Tinder, nur dass ihre zu vermittelnden „Mandanten" eher weniger lebendig und kontaktfreudig, aber dennoch fast lebensfrisch bei ihnen ein- und aus „gingen". An- und Verkauf würde auch passen, dachte er zynisch.

Mit einem strahlenden Lächeln, so als wollte er ihn als Gast in einer Wellness-Einrichtung begrüßen und durch seinen Anblick sogleich das Entspannungsgefühl steigern, begrüßte ihn Mr. Gordon in akzentfreiem Deutsch: „Es freut mich, dass wir uns mal wieder persönlich sehen! Da ich ganz kurzfristig meine Planung geändert habe und nochmal hier in der Filiale vorbeischauen wollte, ist es mir ein besonderes Anliegen, mal wieder mit Ihnen zu sprechen. Sie sind jetzt ja auch schon seit bald neun Monaten bei uns. Wie gefällt es Ihnen, haben Sie sich gut in Ihr Arbeitsgebiet eingefunden?"

Vielleicht war es nur eine Kontrolle, wie er seine spontane „Dienstreise" von vor zwei Wochen weggesteckt hatte. Nur nichts anmerken lassen hieß also die Devise. Der sonderbare Eindruck, irgendwann im letzten Jahr in einen falschen Film geraten zu sein, verstärkte sich aber augenblicklich noch erheblich. Die Frage klang, als wäre er bei einer Investment-Bank und der Vorgesetzte würde fragen, ob die Smoothies in der Kantine auch immer schön gekühlt wären. Aber seine Tätigkeit war wohl sonst mit kaum einer anderen vergleichbar, wenn man mal vom reinen Abwicklungsprozess absah, der nur über das Internet und Telefon geführt wurde. Persönlichen Kontakt zu Kunden oder den „Mandanten", wie er sie nannte, gab es nie. Und das, obwohl die Kunden alles andere als von geringem Prestige waren. Es waren Wissenschaftler von Top-Forschungs-Instituten des Landes darunter, meistens jedoch Mediziner an renommierten Kliniken, die ihrerseits im Austausch mit internationalen Kapazitäten auf ihren Forschungsgebieten standen. Diese wurden für Kongresse und Fortbildungsveranstaltungen aus den USA, England und zunehmend auch aus China eingeflogen. Aber mit den Veranstaltungen selbst hatte er ja nur indirekt und mit den medizinischen Koryphäen aus dem Ausland gar nichts zu tun. Die kannte er nur von den Flyern, mit denen die Veranstaltungen beworben wurden. Ihre Firma wurde als Partner allerdings nie genannt. Eingangs fand er das eigenartig und wollte schon mal auf den Umstand hinweisen, dass eine Nennung doch für sie eine gute und einfache Werbung in Fachkreisen wäre. Da aber niemand im Institut arbeitete, mit dem er sich hätte austauschen können, hatte er das Anliegen verschoben. Mit den Informationen, über die er seit einigen Tagen verfügte, war ihm allerdings schlagartig wie Schuppen von den Augen gefallen, dass es für diese Diskretion sehr gute Gründe gab. Nun war er froh, einfach den Mund gehalten zu haben. All dies ging ihm durch den Kopf, bevor Mr. Gordon fortfuhr:

„Sie scheinen überrascht zu sein, dass ich Sie einfach ohne triftigen Grund zu mir bitte? Tatsächlich muss ich eingestehen, dass ich eine kleine Bitte habe, und da ich schon mal hier bin, dachte ich, ich könnte dies mit einem kleinen Gespräch verbinden".

„Das ist sehr nett und... ja, doch, ich habe mich gut eingelebt. Es läuft auch alles gut und die Vermittlungen der letzten Monate liefen tadellos, alle Kunden waren sehr dankbar und zufrieden."

Er merkte selbst, dass seine Antwort nicht nur hölzern und wenig authentisch klang, sondern auch an Inhalt so banal und ausdruckslos rüberkam, dass sie ihm auf der Stelle peinlich war. Wieder registrierte er ein paar Schweißtropfen, die von dem Spiegelbild seiner Glatze im Fenster herüberglitzerten. Schnell fuhr er sich mit der Hand über den Kopf, da er auf keinen Fall wollte, dass ihm sein Gegenüber die Anspannung ansehen konnte. Da schien er aber die Empathie, die Mr. Gordon seinen Mitarbeitern oder seinen Mitmenschen im Allgemeinen entgegenbrachte, überschätzt zu haben. Zumindest ließ sich sein Vorgesetzter nicht anmerken, ob er den Gefühlszustand seines Filialleiters einordnen konnte.

„Um es kurz zu machen", fuhr Gordon unumwunden fort, „einer unserer Kunden – der mit der Fortbildung im Klinikum letzte Woche – hat gebeten, ob Sie heute vor Feierabend nochmal kurz vorbeischauen könnten, da er etwas zur Vorbereitung der Körper mit Ihnen besprechen wollte, um deren Nutzbarkeit in Zukunft noch weiter zu verbessern".

Ihm wurde mulmig, wenn er sich bei der Formulierung vor Augen führte, dass es sich um Menschen handelte, von denen Gordon sprach. Tote zwar, aber dennoch Menschen. Immerhin war dem Amerikaner hoch anzurechnen, dass er nicht wie viele in der Branche einfach wie im Englischen von „Kadavern" sprach. Diese Formulierung wird im Deutschen ausschließlich für tote Tiere verwandt, nicht aber für Menschen. Hier könnte man Leichen sagen oder eben Körper, wenn es um die Beschreibung der äußeren Hülle der Menschen ging, fand er.

„Nehmen Sie den Firmenwagen, dann müssen Sie nicht die S-Bahn nehmen wie all die anderen armen Kreaturen, die sich keinen eigenen Wagen leisten können oder nicht über den Luxus eines Firmenparkplatzes verfügen".

„Kein Problem, wann werde ich erwartet?", erwiderte er, hoffend, sich seine einsetzende Beruhigung nicht durch zu viel Enthusiasmus gegenüber diesem banalen Auftrag anmerken zu lassen. Tatsächlich fiel ihm ein Stein vom Herzen. Auch wenn es bisher noch nie vorgekommen war, dass er nach einer Veranstaltung einen Kunden besucht hatte, so handelte es sich doch immerhin um eine Routine-Angelegenheit, die mit seiner üblichen Tätigkeit in Verbindung stand und nicht mit seiner außerbetrieblichen Aktion vom Wochenende.

„Fahren Sie am besten gleich, dann haben Sie das vor der Mittagspause erledigt. Und falls ich bis zu Ihrer Rückkehr nicht mehr da sein sollte, wünsche ich Ihnen weiterhin alles Gute!"

Na, das war ja mal war was, persönliche Wünsche vom Chef. Irgendwie aber hatte er einen faden Beigeschmack im Mund. Wie damals, als ihm ein Bestattungsunternehmer beim Tode seines Vaters zum Abschied hinterhergerufen hatte, er wünsche ihm noch weiterhin viel Gesundheit. So antwortete er auch nur bemüht locker:

„Geht klar, Chef, dann bis bald!", sagte er, nahm seinen Laptop und machte sich auf den Weg, nachdem er in seinem Büro den Laptop schnell gegen den Autoschlüssel getauscht hatte. Eigentlich traf es sich ganz gut, ging ihm durch den Kopf, als er die Tiefgarage des Instituts betrat, die sich diese mit den anderen Firmen im Gebäude teilte. So konnte er wenigstens nochmal ungestört das Auto überprüfen und feststellen, ob er nicht doch irgendwelche Hinweise auf seinen Wochenend-Trip zurückgelassen hatte. Kaum hatte er aber ein paar Schritte zurückgelegt und bereits mit der Fernbedienung des Autoschlüssels die Türen geöffnet, hatte er plötzlich den Eindruck, er wäre nicht allein in der Garage. Es handelte sich nur um eine vage Ahnung, so, als könnte er ein Spannungsfeld in der Umgebung wahrnehmen, dessen Ströme durch die Anwesenheit eines anderen Menschen nahezu unmerklich verändert worden waren.

Gerade als er sich umdrehen wollte, hörte er ein knirschendes Geräusch. Wie von einem Lederschuh, der beim Aussteigen aus dem Auto auf mit Splitt gestreutem Beton unter der Last des Körpergewichts gedreht wird. Bevor er aber sein Gegenüber sehen konnte, traf ihn etwas Spitzes unvermittelt am Hals. Es fühlte sich zunächst an wie der banale Stich einer Wespe. Augenblicklich spürte er, wie alle Muskeln erschlafften und er zu Boden zu sinken drohte. Er wurde mit einem festen Griff von hinten gepackt und umschlungen, sodass er nun wie ein Mehlsack in den Armen eines anscheinend kräftigen Menschen hing. Es war abstrus, da er keine Bewegung machen konnte und ihm nicht mal seine kleinen Fingerglieder gehorchten, aber auf der anderen Seite keine Ohnmacht einsetzte. Er blieb bei vollem Bewusstsein wie in einem Wachtraum, aus dem er allerdings spätestens jetzt allzu gern wieder aufgewacht wäre. Da sein Kopf auf die Brust sackte, sah er nur seine eigenen Füße, als er zu seinem Wagen geschleift wurde.

Das war ja ein Ding, dass er in der firmeneigenen Tiefgarage erst überfallen wurde und dann offensichtlich auch noch mit dem eigenen Firmenwagen verschleppt werden sollte. Tun konnte er nichts, er war schon froh, dass wenigstens seine Atemmuskeln bisher nicht ihren Dienst versagten. Tief atmen konnte er allerdings nicht mehr und musste daher mit dem wenigen frischen Sauerstoff haushalten, der bei jedem der flachen Atemzüge noch seine Lungen erreichte. Zumindest wenn er nicht gleich auf der Stelle ersticken wollte. Die Tür zum Fond des schwarzen BMW-Kombi wurde geöffnet und er wurde grob hineinbugsiert, ohne angeschnallt zu werden, sodass er etwas schief im Sitz hing wie ein Fahrgast, der einen über den Durst getrunken hatte und nun seinen Rausch mit hängendem Kopf und triefenden Mundwinkeln ausschlief, während er nach Hause kutschiert wurde. Wohin die Fahrt ging, konnte er nicht sehen, da sein Kopf immer noch mit dem Kinn auf der Brust ruhte und auch seine Augen nicht mehr so recht die Bewegungen ausführen wollten, die sein Gehirn ihnen krampfhaft auferlegen wollte. So verging ungefähr eine halbe Stunde, falls seine Zeiteinschätzung noch funktionierte. Da er in diesem Moment der maximalen Entschleunigung sonst aber nichts tun konnte, als seinem eigenen Atem zu lauschen, wäre auch durchaus möglich, dass ihm jede Sekunde wie eine halbe Ewigkeit vorkam und die Fahrtzeit tatsächlich viel kürzer war.

Plötzlich konnte er am Neigungswinkel des Autos spüren, dass sie offensichtlich wieder in eine Tiefgarage einfuhren, als auch schon die Fahrzeugtür beherzt aufgerissen wurde.

„So, da haben wir ja schon unseren Patienten". Vier Hände in Handschuhen und mit Armen, die unter OP-Anzügen verborgen blieben, packten ihn und hievten ihn auf ein fahrbares Bettgestell, das wie die Liege in einem Operationssaal aussah. Da war es mit ihm aus. Er wollte hinausschreien, dass ein Missverständnis vorliegen müsse, da er kein Patient sei und sich zumindest bis vor kurzem körperlich einwandfrei gefühlt hatte. Sein Herz raste, seine Atmung ging schnell, aber dafür viel zu flach, sodass ihm sofort schwarz vor Augen wurde. Leider wurde er aber nicht bewusstlos und musste hilflos mit ansehen, wie er auf eine Liege geschnallt durch helle Gänge geschoben wurde. Dabei gerieten immer wieder zwei Köpfe mit OP-Masken in sein Gesichtsfeld, die ihn seelenruhig, aber zügig transportierten, als wäre dies hier ein Routineablauf in einem Krankenhaus.

„OP 2 ist frei und vorbereitet", hörte er aus dem Hintergrund eine weitere Männerstimme. Ehe er sich versah, wurde er von einem hellen Licht geblendet, das ihm die Tränen in die Augen schießen ließ. Schließen konnte er die Lider ja nicht.

„Was für ein Albtraum", sprach er zu sich, „das kann doch nicht wahr sein".

Aber was auch immer er versuchte, er wollte nicht aus dem Traum aufwachen, was wohl damit zusammenhing, dass er bereits absolut wach war. Nur bewegen konnte er sich leider nicht. Er hoffte immer noch, dass der Irrtum auffliegen würde, wenn die Ärzte noch einmal seine Patientendaten überprüften, um dann festzustellen, dass er überhaupt keine Erkrankung hatte, die eine Operation nötig oder auch nur sinnvoll machen würde. Außerdem musste er feststellen, dass er zwar kein Glied seines Körpers bewegen konnte, er aber sehr wohl die kalte Luft spürte, als er mit groben Handgriffen bis auf die Unterhose entkleidet wurde. Betäubt war er also nicht, sondern nur gelähmt, und auch die unbequeme Lage mit abgespreizten Armen und Beinen konnte er sehr gut wahrnehmen und machte sich schon Sorgen um Druckstellen an der Haut. Groteskerweise nahm niemand von ihm Notiz. Entweder nahm man an, er habe eine Narkose erhalten und würde von allem ringsum nichts mitbekommen, oder aber es war allen einfach egal. Letztere Alternative war natürlich noch beunruhigender, da sie keinen guten Ausgang der Sache vermuten ließ, selbst wenn es sich bis jetzt um einen großen Irrtum handeln sollte. Für diesen Fall würde er diese Klinik, und nach so einer Art von Einrichtung sah es aus seiner „Patienten"-Perspektive aus, aber auf eine satte Schmerzensgeldzahlung verklagen.

Wie angemessen diese wäre, wurde ihm klar, als er einen scharfen Schmerz an seiner linken Leiste spürte wie von einem Schnitt mit einer Rasierklinge.

„Bitte binde diesmal ordentlich die Schenkelarterie und -vene ab, damit es nicht wieder so blutet wie beim letzten Mal. Du weißt, dann werden die Präparate nicht so schön und die Kunden beschweren sich wieder, weil sie kein Blut sehen möchten. Operieren üben wie Kinder bei den Doktorspielen im Kindergarten wollen sie schon, am liebsten auch mit echtem Menschen-Material, nur bluten soll es bitte nicht...", ätzte der Operateur weiter.

Noch bevor ihm bewusst werden sollte, dass da über seine Adern gesprochen wurde, spürte er einen dumpfen Schmerz, so als würde ihm jemand einen stumpfen Gegenstand einfach so in den Oberschenkel bohren und damit herumrühren, als suche er etwas. Die Schmerzen wurden unerträglich. Er wollte einen Schrei ausstoßen, um dem Druck in seinem Körper Luft zu machen, aber es war aussichtslos. Seine Kehlkopfmuskeln waren offensichtlich ebenso gelähmt wie die Muskeln an Armen und Beinen. Dann wurde sein linkes Bein auf einmal kalt, so als hätte er es nach dem Sauna-Aufguss in ein Kneipp-Becken gesteckt. Das Gefühl war völlig paradox, da er zwar von der Locke bis zur Socke, oder in seinem Fall eher von der Platte bis zur Matte, mit Schweiß überströmt war, sich sein Körper aber nirgendwo warm anfühlte.

„Gut, dann mach mal hin. Wir haben hier nicht nur die eine Extremität abzunehmen".

Bevor er sich über die Bedeutung des Wortes „abnehmen" im Kontext seiner aktuellen Situation vollends klar werden konnte, spürte er einen reißenden Schmerz an seinem linken Oberschenkel, der nahezu vernichtend war. Er fühlte das grobe Reiben eines Sägeblatts, das wie den Stamm eines Tannenbaums seinen Oberschenkelknochen zerteilte, nur noch sehr undeutlich und wie durch eine dicke Schicht aus dunkler Watte, da er allmählich doch das Bewusstsein verlor und ihm schwarz vor Augen wurde. Das Letzte, was er sah und hörte, war, als der Operateur sein abgetrenntes Bein in die Höhe hielt, aus dessen Stumpf noch die grünlichen Enden der Fäden um die Blutgefäße ragten.

Ohne es zu wissen, konnte er der menschlichen Konstitution dankbar sein, da er nun das Bewusstsein für immer verlor und nicht mitbekam, wie nacheinander nach dem zweiten Bein auch beide Arme abgenommen und sorgfältig in Plastikfolie eingeschlagen wurden. Erst als zum Schluss die Halsschlagadern auf beiden Seiten unterbunden und der Kopf an der Halswirbelsäule mit der Säge abgesetzt wurde, hörte sein Herz auf zu schlagen.

Sektion 1

Vielleicht werde ich doch langsam zu alt für diesen Job! Nodus lehnte sich in seinem Schreibtisch-Sessel zurück und blickte auf die Pettenkoferstraße vor dem Fenster seines Büros in der Anatomischen Anstalt. Eigentlich ein richtig gemütlicher Herbstnachmittag, wenn man es nur an den vom goldenen Sonnenlicht beschienen Blättern der Platanen festmachen wollte. Im hellen Gegenlicht konnte er sogar mit bloßem Auge die Staubschicht auf seiner Fensterbank und seinen Bücherstapeln erkennen, die sein Zimmer weitgehend ausfüllten und jede Fortbewegung zu einem Hindernis-Lauf machten. Wobei Nodus sich natürlich mit schlafwandlerischer Sicherheit zwischen den Büchersäulen hindurch manövrierte. Und da ihn sowieso kaum jemand besuchen kam in diesem Kabuff, war es eh schon egal, ob er Ordnung hielt oder nicht. Dennoch hatte sein Unordnungszustand wohl dazu geführt, dass die Verwaltung der Anstalt irgendwann einmal beschlossen hatte, dass eine Reinigung des professoralen Büros nicht nur überflüssig sei, sondern auch niemanden als Aufgabe zugemutet werden konnte. Nodus war es egal.

In seiner Mittagspause hatte er sich heute mal wieder einen Spaziergang um die Theresienwiese gegönnt, die von der Anatomischen Anstalt zu Fuß in kaum mehr als fünf Minuten zu erreichen war. Und zwar, ohne sich übermäßig zu hetzen. Er liebte die riesige Fläche im Herzen Münchens, bedauerte allerdings, dass sie aufgrund der Wiesn, wie die Münchner ihr Oktoberfest nannten, mit den dazugehörigen Auf- und Abbauzeiten nahezu den ganzen Sommer über eben nicht frei, sondern mit riesigen Zelten bebaut war. Nahm man dann noch Frühlingsfest und Winter-Tollwood dazu, letzteres war eine moderne Variante eines Weihnachtsmarktes mit riesigen Zelten für ausgefallene Geschenkideen, Kulturdarbietungen und zur Befriedigung jeglicher kulinarischen Gelüste, dann blieb kaum mehr etwas übrig vom Jahr. So auch jetzt, kurz vor dem Beginn des Oktoberfests. Dennoch schlenderte er einmal um den Platz, was ihn ungefähr eine Stunde kostete. Wobei kosten hier nicht der richtige Ausdruck war. Vielmehr gab ihm der Spaziergang eine Stunde an der frischen Luft und ermöglichte es, die Gedanken fliegen zu lassen. Jedes Mal war er fasziniert, wie wenig man hier den Großstadtcharakter von München wahrnehmen konnte. Nicht viele Städte verfügten über vergleichbare Kleinode an Grünflecken. Berlin mit dem Tiergarten, Hamburg mit der Binnenalster und dann fielen ihm eigentlich nur der Hyde-Park in London und der Central Park in New York City ein, aber da war er nun gedanklich schon sehr weit geschweift.

Am – von seiner Richtung aus – gegenüberliegenden Pol der Theresienwiese hatte er seine heimliche Freundin besucht, wie er die Bavaria immer nannte. Die 18 Meter hohe Bronzestatue war wie er selbst von der Statur eher etwas handfester und nicht nur für ihn mehr als ein Wahrzeichen, sondern sogar so etwas wie das Gesicht Münchens. Und das schon seit 1850, als der Münchner Künstler Ludwig Schwanthaler die Schönheit im Auftrag Ludwigs des Ersten geschaffen hatte. Gut, sie war nicht so lasziv wie die Imperia in Konstanz, die am Westufer des Bodensees stetig um die eigene Achse kreiste und dabei Papst und Kaiser als Narren auf ihren erhobenen Handflächen trug und von der man sagte, sie sei weltweit die mit Abstand größte Statue einer Hure. Aber dafür war sie viel stilvoller, seine Therese, wie er sie heimlich immer nannte.

Und, Therese, was macht das Leben in München so in diesen Tagen?, hatte er sie im Stillen gefragt wie meist zur Begrüßung.

Du genießt wohl auch die letzten Tage der Ruhe vor dem Sturm des Oktoberfestes, bei dem du dir für eine Woche bestimmt nicht selten wünschst, dir die Hand mit dem

Lorbeer-Kranz vor die Augen halten zu können statt nur über den Kopf?... Ist ja auch übel, was dir und sich die Leute antun, die mit oftmals zu viel Bier in Kopf und Hirn an deine Beine urinieren oder unter deinen Blicken auf der Böschung kopulieren wie im Sommer die Karnickel.

Seine Therese trug es wie stets mit der Fassung einer Politikerin von Welt, die man sonst aus dem Fernsehen kannte, wenn die Kanzlerin Angela Merkel mal wieder einen Staats-Besuch mit Donald Trump durchzustehen hatte, ohne die Etikette zu durchbrechen. Und das konnte nicht einfach sein, wenn man einem derart Erkenntnis-resistenten, verlogenen und jeder Form von Manieren beraubten Individuum gegenübertreten musste, das zum großen Unglück auch noch der mächtigste Mann der Welt war. Nodus fragte sich für einen Moment, ob es da nicht sogar angenehmer sei, Defäkalien, Sperma und Erbrochenes zu seinen Füßen ertragen zu müssen. Das aber dafür schon seit über 170 Jahren, was sogar die Amtszeit der Kanzlerin bei Weitem in den Schatten stellte. Als Therese wie gewohnt keine Klageworte erwiderte, war Nodus schließlich weitergeschlendert und kehrte, am Gasthof Lenz vorbei und nach einem kurzen Schlenker zum Café Mariandl in der Goethestraße, zur Anstalt zurück.

*

Ein schöner Tag also. Irgendwie fühlte er sich aber ausgelaugt. Gerade hatte er wieder die Anatomie-Vorlesung für die Studierenden im ersten Semester Medizin gehalten. Mitten in seinen Ausführungen über die Funktion des Hodenheber-Muskels war er von einem Studenten unterbrochen worden, der fragte, ob er jetzt tatsächlich ansetzen wolle, die immer-gleiche Anekdote über den „Nordeuropäischen Hirsch" zum Besten zu geben, die inzwischen schon in den Vorlesungsskripten stand und daher hinlänglich bekannt sei. Sinnvoller wäre es doch, wenn er sich stattdessen mal die Zeit nehmen würde, ein komplizierteres Thema, das vielleicht auch noch von medizinischer Relevanz sei, einmal richtig zu erklären. Sonst wäre ja immer nur die Zeit, die mit Fachbegriffen vollgestopften Folien herunterzurattern, ohne dass ein Zuhörer die Chance hätte, den Inhalten auch nur ansatzweise zu folgen. Außerdem wäre wünschenswert, wenn er seine bisweilen etwas langatmigen Sätze deutlich artikuliert zu Ende sprechen könnte, statt diese an den Satzenden zu vernuscheln.

Daraufhin war es still geworden im Großen Hörsaal der Anatomie. Nach einem Moment der aufrichtigen Überraschung hatte Nocus schon ansetzen wollen, den Kritiker seiner professoralen Würde entsprechend zurechtzuweisen. Aber dann kam ihm, und das nicht zum ersten Mal, der Verdacht, dass an dem Vorwurf am Ende etwas dran sein könnte. Vorlesung zu halten war sein Beruf, schließlich war er seit bald 30 Jahren Professor hier in der Anstalt. Eigentlich war es mehr als das, sogar eine Berufung, zumindest hatte ihm das Lehren über viele Jahre große Freude bereitet. Und bei vielen Generationen von Studenten und Studentinnen war er für seine leidenschaftlichen Vorträge und den trockenen Humor berüchtigt, mit denen er auch die knöchernsten Inhalte so vermitteln konnte, dass sie auch am frühen Morgen nach einer Studentenfete halbwegs erträglich waren. Meist genoss er es auch, Vorlesung zu halten, allein schon, weil das Ambiente des Großen Hörsaals der Anatomischen Anstalt unvergleichlich war. Der große Kuppelsaal, in dessen Amphitheater etwas über vierhundert Sitzplätze wie in einem klassischen Theatrum anatomicum im Halbrund um das Zentrum mit dem Vortragspult angeordnet waren, war jedes Mal beim Eintreten wieder beeindruckend. Wenn dann noch die Sonne durch das Oberlicht im Zentrum der Decke und die Seitenfenster im oberen Drittel schien und den Saal mit ihrem warmen Licht erstrahlen ließ, fühlte er immer ein Kribbeln in seinem nicht mehr ganz grazilen Bauch. Dazu kam die Geräuschkulisse der Studierenden, die den Saal bis zum letzten Platz ausfüllten und meist noch auf den Gängen und Treppen saßen, obwohl sie den Vorlesungen auch in einem der mit Kamera-Übertragung angeschlossen Räumen lauschen könnten. So war es auch heute wieder gewesen, sodass er voller Euphorie mit seinem Lehrvortrag begonnen hatte. Aber vielleicht musste er sich doch eingestehen, dass er das Gefühl für den Zeitgeist verloren hatte und daher die Denke der jungen Leute nicht mehr nachzuvollziehen in der Lage war. Vielleicht war er mit seinen bald 63 Jahren wirklich ein Neander(digi)taler, wie ihm selbst Kollegen seit gut zwanzig Jahren ungefragt bestätigten.

Er setzte die Vorlesung also fort, ohne dass es zu weiteren Zwischenfällen oder unverschämten Unterbrechungen kam, und schlurfte dann über das Treppenhaus im Westflügel der Anatomischen Anstalt zu seinem Büro im dritten Stock. Ein kurzer Blick in den Spiegel in seinem Büro war eher weniger aufmunternd. Die Haare waren noch immer voll und standen in wirren Locken vom Kopf ab. Der Bart, den er seit geraumer Zeit lang trug, zusammen mit seiner untersetzten Gestalt, ließen auch klar erkennen, dass hier keiner der Münchner Trendsetter daherkam, wie sie um die Ecke im Glockenbachviertel nachmittags die Cafés und Gehwege füllten. Dafür war der Bart auch nicht akkurat genug getrimmt und mit Ölen eingelassen, die man irgendeinem kanadischen Eichhörnchen aus der Afterdrüse gewalkt hatte. Nodus trug seinen Bart eher wie Klaus; Santa-Claus, um genauer zu sein. In Bayern erfüllte er das Bild eines gestandenen Mannsbilds, also das Bild eines kräftigen Mannes, nur eben mit einem kleinen Wohlstandsbauch, der seine Hosenträger ein wenig dehnte, indem er sich über seine Cordhosen wölbte. Für sein Alter war er aber gut in Form, auch wenn man ihm das vielleicht nicht auf den ersten Blick ansah. Die Wanderungen in seinen Bergen, wie er die nahen Alpen liebevoll nannte, hatten ihn zäh werden lassen. Allerdings musste er zugeben, dass sein Bart nicht mehr wie in jungen Jahren fast schwarz war, sondern durch die täglich zahlreicher werdenden weißen Haare inzwischen grau meliert. Soweit also alles beim Alten.

Eigentlich hatte der Tag schon viel früher einen eigenartigen Verlauf genommen. Genau genommen seit einem Anruf am Morgen, bei dem sich der Anrufer nicht mit Namen gemeldet hatte, sondern stattdessen fragte, ob er hier richtig wäre in der Anatomie, wenn er ein Bein zu bestatten hätte. Man erlebte in der Anatomie ja schon einiges, wenn man wie Nodus als Prosektor für das Leichenwesen zuständig war. Natürlich nicht die ganz spannenden Dinge. Diese Fälle wurden auf der anderen Seite des Hinterhofs in der Rechtsmedizin behandelt. Mord und Totschlag und jede andere erdenkliche Art von Gewalt gehörten zum Glück nicht zum Alltag eines Anatomen. Aber irgendwie war doch jeder Fall einer Körperspende eigen. Was ja auch nicht verwundert, da die Menschen, die ihren Körper nach dem Tod der Anatomie vermachten, um der Ausbildung guter Ärzte und Ärztinnen zu dienen, auch alle verschieden waren. Sowohl, was ihre Lebenssituationen anging, als auch in ihren Motivationen und den mit der Zielsetzung verbundenen Gedanken, den eigenen Körper zu spenden. Trotzdem war eine solche Anfrage in den letzten dreißig Jahren so noch nicht vorgekommen, da man normalerweise seinen ganzen Körper vermachte. Die Formulierung legte auch nahe, dass in diesem Fall der Spender noch am Leben war, während das Bein bereits zur Bestattung anstand. Die Frage des Anrufers wirkte gar ein wenig so, als ob es sich nicht unbedingt um sein eigenes Bein handelte, dass hier abgegeben werden sollte. Richtig sei er schon bei ihm in der Anatomie, wenn es sich um eine Körperspende handeln würde, hatte Nodus leicht gereizt erwidert, da er zunächst einen schlechten Telefon-Scherz erwartete. Allerdings müsste erst mal geklärt werden, um wessen Bein es denn ginge und warum es ausgerechnet ein Fall für die Anatomie sei, das Bein. Daraufhin hatte der Anrufer wortlos aufgelegt und Nodus war nach einem kurzen Moment der Ratlosigkeit wieder zum Tagesgeschäft übergegangen. Das hieß, er hatte sich der Vorbereitung auf die Vorlesung zu den Bauchmuskeln gewidmet.

*

Die Lehre und das Leichenwesen waren seit vielen Jahren die einzigen beiden Aufgaben von Professor Nodus. Die Forschung hatte er irgendwann an den Nagel gehängt, als es immer schwieriger wurde, eine finanzielle Förderung für seine Projekte zu ergattern. Schon damals hatte er einsehen müssen, dass manche Themen zum Bau des menschlichen Körpers in der aktuellen Anatomie einfach nicht mehr gefragt waren.

Daher sollten sich ruhig die jüngeren Kollegen mit ihren Mitarbeitern daran aufreiben, jede kleinste Neuigkeit der molekularen Forschung zu publizieren oder wichtigtuerisch auf nationalen und internationalen Kongressen zu präsentieren. Er jedenfalls konnte sich dafür nicht mehr begeistern.

Man sah häufig schon auf den ersten Blick einer Veröffentlichung in den Hoch-Prestige-Journalen, dass die Zusammenhänge nicht so einfach sein konnten, wie hier der Eindruck vermittelt werden sollte. Typischerweise wurde beschrieben, dass man eine neue Funktion für ein schon bekanntes Protein oder Lipid oder gar ein ganz neues Eiweiß- oder Fettmolekül mit einer spektakulären Aufgabe entdeckt hatte, wobei es ganz zielgerichtet über einen komplett aufgezeigten Mechanismus wirken sollte, der sich von allen anderen Proteinen und deren Funktionen unterschied, die man schon kannte. Viele Studien wurden auch an Modellorganismen wie Mäusen, Zebrafischen oder Fruchtfliegen durchgeführt, sodass die Übertragbarkeit der Ergebnisse auf den Menschen oftmals eingeschränkt war. Seine Erfahrung sagte ihm inzwischen, dass die Natur viel komplexer war, und es besonders bei wirklich lebenswichtigen Funktionen immer verwandte Vertreter dieser Moleküle gab, die überlappende Aufgaben hatten. Die Natur konnte es sich schlichtweg nicht leisten, dass eine kleine Mutation, wie sie sich immer wieder als eine Veränderung der Erbsubstanz bei der Teilung von Zellen einschleichen konnte, zu einem kompletten Funktionsausfall und dann wohl zum Tode des betroffenen Organismus führen würde.

Aber komplizierte Sachverhalte ließen sich einfach nicht so gut veröffentlichen. Eine einfache Erkrankung benötigte keine komplizierte Erklärung, wie man ihm früher auf den Fachtagungen immer vorgehalten hatte. Ergebnisse, die sogar den Erwartungen widersprachen, waren gleich gar nicht an den Mann oder die Frau zu bringen. Wobei er durchaus den Eindruck hatte, dass die Erkenntnis-Resistenz und die Borniertheit, die einzelne Kollegen abhielt, die Ideen anderer Menschen als prüfenswert anzuerkennen, eher typisch männliche Wesenszüge waren. Wenn man diese Sachverhalte erst mal als Forscher durchschaut hatte, nahm man sie entweder einfach als Regel des Spiels an, oder hielt es stattdessen wie Nodus, und hängte die Hochglanzforschung früher oder später an den Nagel. Außerdem hatte dieses ganze „Molekül-Gefrickel" sowieso nicht mehr viel mit dem zu tun, was Nodus unter Anatomie verstand. Nämlich mit allem, was man mit den eigenen Augen oder zumindest mit Hilfe eines Mikroskops sehen konnte.

Sektion 2

Bevor er sich mit seinem Fahrrad auf den Weg nach Hause machen wollte, schaute Nodus nochmal bei Ernst Unbehagen vorbei, wie er es sich angewöhnt hatte, um sich vor dem Feierabend davon zu überzeugen, dass alles seine Richtigkeit hatte. Ernst Unbehagen war der Präparator der Anatomischen Anstalt. Die Aufgabe des Präparators bestand nicht nur darin, für den Präparierkurs oder die Vorlesung von Nodus die entsprechenden Feuchtpräparate menschlicher Körperteile und Organe herauszusuchen und bei Bedarf herzustellen. Ein wesentlicher Bestandteil der Tätigkeit war auch die Vorbereitung der verstorbenen Körperspender für die Verwendung im anatomischen Praktikum. Dazu zählte besonders die Konservierung der Körper, nachdem die Bestatter sie ins Institut gebracht hatten. Für Ernst Unbehagen bedeutete dies, zu jeder Tag- und Nachtzeit angerufen zu werden und dann in die Anstalt zu radeln. Im Unterschied zu Nodus war er tatsächlich bei jedem Wetter mit dem Fahrrad unterwegs und nicht nur ein Schönwetter-Radler wie der „Herr Professor", wie er Nodus immer gerne bezeichnete. Wie es sein Name vielleicht nicht unbedingt erahnen ließ, war Unbehagen ein wahres Herzchen, oder wie Nodus zu Recht meinte, die Seele der Anstalt. Daher genoss Ernst Unbehagen auch Narrenfreiheit und damit das Recht, sein kauziges Wesen auszuleben.

Angefangen damit, dass er Nodus konsequent duzte, dafür aber nie mit Namen ansprach, sondern ihn immer nur „Cheef" nannte. Genau so, mit möglichst langem „e". Aus Prinzip duzte Unbehagen jeden, was manchmal Verstimmungen hervorrief, wenn mal wieder einer der hochdekorierten Münchner Chefärzte anrief, weil er Nodus für eine Fortbildung brauchte. Nodus mied das Telefon so gut es ging. Handy hatte er schon gar keins, da er diese Erfindung als die Geißel der Menschheit erachtete. E-Mails las er auch nicht, sodass die einzig effektive Art der Kontaktaufnahme mit dem Anatomen ein telefonischer Anruf war. Am besten gleich bei Ernst Unbehagen, der das Anliegen dann an Nodus weitergab. Da Unbehagen schon fast bis zur Zwanghaftigkeit akkurat war, funktionierte die Organisation des Leichenwesens und auch der Fortbildungen jedoch immer tadellos. Daher hatte Nodus mit der Situation seinen Frieden gefunden – und da Unbehagen ihn vor der Münchner Gelehrtenschaft abschirmte und er seinem gemütlichen Anatomen-Leben nachgehen konnte, durfte eben auch Unbehagen sein wie er war und sein wollte.

Die Prosektur, wie die Räume genannt wurden, in denen die Körperspender vorbereitet und gelagert wurden, lagen in der Anatomischen Anstalt im Erdgeschoss und damit genau unter dem altehrwürdigen Seziersaal. Nodus klopfte an die Tür des Präparatoren-Büros. Da niemand antwortete, trat er ein. Der Computer lief, was bedeutete, dass Ernst noch im Haus unterwegs war. Also machte sich Nodus auf den Weg an das andere Ende des langen Ganges, der den gesamten Mittelbau der Anatomischen Anstalt durchzog. Die Tür zum Konservierungsraum stand einen Spalt weit offen. Als er vorsichtig eintrat, um Unbehagen nicht zu erschrecken, sah er, dass offensichtlich gerade ein neuer „Patient" eingeliefert worden war, wie Nodus und Unbehagen ihre Körperspender immer zärtlich nannten. Jedenfalls hatte Unbehagen vor sich auf dem Tisch aus blankem Stahl einen Körper liegen, der nur mit einem dünnen weißen Baumwolltuch bedeckt war. Am Oberschenkel war knapp unterhalb der Leiste ein knapp zehn Zentimeter langer Schnitt erkennbar, durch den die Oberschenkelschlagader freigelegt worden war. Über eine Nadel war ein Schlauch an die Arterie angeschlossen, die zu einem Kanister in Kopfhöhe von Ernst an der Decke hing. Aus diesem strömte die Konservierungslösung gemächlich und ohne weitere

Hilfsmittel in den Körper. Unbehagen bestand auf dieser traditionellen Methode, auch wenn sie etwas Geschick und Geduld erforderte und man bis zum nächsten Tag warten musste, bis die je nach Gewicht des Körperspenders zwölf bis fünfzehn Liter der Lösung in den Körper eingedrungen waren und sich über die Blutgefäße in diesem verteilt hatten, um Fäulnis und alle Zersetzungsprozesse zu stoppen. Viele andere Kollegen von ihm verwendeten stattdessen Pumpen, um den Vorgang zu beschleunigen; eine Angewohnheit, die Unbehagen tiefst zuwider war. Weniger, weil der Druck etwas zerstören könnte. Vielmehr konnte er bei seiner Methode gleich einschätzen, ob die Blutgefäße gut durchgängig waren und er davon ausgehen konnte, dass sich die Fixierungslösung wirklich im ganzen Körper ausbreitete. Wenn dagegen am nächsten Morgen noch viel Flüssigkeit im Behälter übrig war, wusste er, dass der Patient oder die Patientin wohl eine Gefäßverkalkung hatte. Für ihn bedeutete das, dass er weitere Gefäße freilegen musste wie zum Beispiel die große Halsschlagader. Im ungünstigsten Fall mussten zusätzlich Arme und Beine einzeln injiziert werden. Unbehagen war das letztlich egal, denn das war schließlich sein Job, und ein guter Konservierungszustand eines Körpers rechtfertigte jeden Aufwand.

*

Nodus machte sich durch lautes Räuspern bemerkbar. Unbehagen trug zur Abwechslung mal die vorgeschriebene Atemschutzmaske, da die für die Konservierung verwendeten Chemikalien besonders in hohen Dosierungen alles andere als gesundheitsförderlich waren. Für Nodus war es ebenso wie für Ernst unklar, warum um die Lösungen so viel Aufhebens gemacht wurde, nur weil sie eben giftig waren. Ein Mittel, dass alle Bakterien abtöten sollte und auf der Stelle alle körpereigenen Enzyme inaktivieren konnte, damit sich der Körper nicht selbst verdaute, war nun mal nicht Lebensmittelgesetz-konform. Unbehagen setzte die Maske ab und begrüßte seinen Vorgesetzten wie üblich.

„Cheef, habe die Ehre! Was treibt dich um diese Uhrzeit in meine heiligen Hallen".

Nach einem Blick auf die Uhr fügte er hinzu:

„Ah, der Feierabend ruft den bayrischen Beamten und Hochschullehrer! Bevor du gehst, Cheef, habe ich noch eine Frage. Vorhin, als ich aus der Mittagspause zurückkam, stand von außen an die Tür zum Innenhof angelehnt ein in Folie eingeschlagenes Bein. Ist das von dir?"

Nodus hielt das zunächst wieder für einen von Ernsts makabren Scherzen und wollte einfach auf der Stelle kehrtmachen und tatsächlich für heute die Anatomie gegen den Feierabend eintauschen. Der ernste Blick, mit dem der Präparator ihn jedoch bedachte, ließ ihn innehalten.

„Was für ein Bein?"

„Na, ein linkes Bein, wenn du es genau wissen willst, und dieses Detail deinem Gedächtnis vielleicht auf die Sprünge hilft."

Unbehagen konnte es gar nicht leiden, wenn der Professor ohne ihn zu fragen Präparate für seinen Unterricht oder Fortbildungen aus ihren Behältern entnahm. Und das zu Recht, da jede Entnahme genau dokumentiert werden musste. Obwohl Unbehagen wusste, dass Nodus in dieser Hinsicht sehr zuverlässig war, vertrat er doch die Ansicht, dass alles besser über ihn zu laufen und von ihm kontrolliert zu sein hatte. Nodus hielt sich daher auch in den meisten Fällen an diese Abmachung.

„Nein, da muss ich Sie enttäuschen. Ich habe kein Bein an mich genommen; Und wenn dem so wäre, hätte ich es sicher nicht von außen an die Türe gestellt, sondern wieder hierher zurückgebracht, oder?", knurrte Nodus.

„Ich dachte nur", entgegnete der Präparator scharf, „da ja sonst niemand Zugang zu unserem Innenhof hat und das Tor an der Einfahrt verschlossen war wie immer".

Das war in der Tat ungewöhnlich.

Ein Bein, grübelte der Professor, da ihm jetzt wieder der Anruf von heute Morgen ins Gedächtnis kam. Er berichtete dem Präparator von dem anonymen Anruf.

„Die Leute werden immer spinnerter", echauffierte sich Ernst. Vielleicht aber auch nicht, da es in diesem Fall so aussah, als hätte jemand wirklich vorher angefragt, bevor er sein Bein hier buchstäblich abgestellt hatte.

„Was ist das für ein Bein, ich meine, in welchem Zustand ist es? Kann man sehen, wie es abgetrennt wurde?"

„Das ist der Punkt, Cheef, warum ich gleich dich im Verdacht hatte. Das Bein ist sauber in der Hüfte ex-artikuliert, so als würden Orthopäden den Hüft-Kopf vor dem Einsatz einer Prothese aus seiner Gelenk-Pfanne herauslösen. Das wurde fachmännisch gemacht. Weiterhin ist das Bein auch präpariert, aber nicht so wie wir es im Unterricht machen, indem erst die ganze Haut entfernt und dann die Muskeln mit den versorgenden Gefäßen und Nerven schichtweise dargestellt werden, möglichst ohne etwas abzusetzen...". Unbehagen sprach zunächst nicht weiter.

„Schau es dir am besten mal selbst an, das Bein liegt da auf dem Pult", hob Unbehagen wieder an.

„Die Haut ist in Lappen abgelöst und hängt nur an einzelnen Ecken am darunterliegenden Bindegewebe. Die Muskeln sind zum Teil grob an ihren Enden von den Knochen abgetrennt und baumeln jetzt verloren vom Knochen herab. Das Eigenartigste sind aber die verschiedenen Farben, mit denen einzelne Muskeln durchtränkt sind, als handele es sich um Ostereier, die man in Farben einkochen kann."

Besonders der letzte Zusatz in Unbehagens Beschreibung ließ Nodus aufhorchen. Er streifte sich Handschuhe über und wickelte das Bein aus der umhüllenden Folie, um es genauer zu betrachten. Es war genau wie Ernst gesagt hatte und der Anblick erinnerte ihn auch daran, wo er eine solche Präparation schon mal gesehen und sogar selbst angewandt hatte. Das war vor vielen Jahren gewesen, als er noch als Assistent an der Universität Regensburg tätig war. Sein damaliger Vorgesetzter und Mentor Professor Biersack hatte damals immer mal wieder zusammen mit Ärzten aus der Neurologie Fortbildungen durchgeführt, bei denen das damals noch ganz neu entwickelte Botulinum-Toxin, das viele nur unter dem Handelsnamen Botox kennen, zu Übungszwecken an Körperspendern eingesetzt worden war. Nodus hatte sich zunächst gewundert, weil er immer dachte, dass Botulinum-Toxin dazu verwendet wurde, lästige Falten und Krähenfüße um die Augen „wegzuspritzen", wie es im Fachjargon so schön hieß. Falten waren aber für ihre „Patienten" kein nennenswertes Problem mehr. Biersack hatte seinen jungen Assistenten damals aufgeklärt, dass neben dieser unwichtigen kosmetischen Anwendung, die vor allem die Pharmaindustrie reich machte, das Haupteinsatzgebiet Muskelkrämpfe seien. Und zwar nicht die harmlosen Krämpfe, die einen mal gerne auf der Couch oder im Bett ereilten und die zwar äußerst schmerzhaft, aber doch meist harmlos waren. Nein, hier handelte es sich um Spastiken, andauernde Kontraktionen einzelner Muskeln oder Muskelgruppen, die nach Verletzungen von Hirn und Rückenmark das Leben zum Teil sehr stark beinträchtigen konnten. Wenn bei Kindern die Psoas-Muskeln, die die Hüfte beugen und damit den Oberschenkel im Stand anheben können, dauerhaft spastisch waren, konnten die Kinder nicht stehen und gehen und lagen für immer im Bett. Dann konnte man die Muskelaktivierung durch ihre Nerven unterbrechen, indem man Botulinum-Toxin genau dort verabreichte, wo der Nerv in den Muskel eindrang.

Da man für diese Injektionen am Lebenden nicht wie an einem anatomischen Präparat erst die Muskeln freilegen konnte, war es sehr sinnvoll, den Eingriff vorher an diesen Präparaten zu üben. Wenn man bei der Übung anstatt des Toxins einen Farbstoff spritzte, konnte man nach der

Übung die Haut entfernen und überprüfen, ob der angesteuerte Muskel auch wirklich erfolgreich getroffen worden war. Verschiedene Farben wurden benutzt, damit mehrere teilnehmende Ärzte gleichzeitig verschiedene Muskeln injizieren konnten, bevor danach der Anatom die Präparation vornahm.

Bei ihrem Bein waren offensichtlich vier verschiedene Ärzte beteiligt gewesen, zumindest konnte er ebenso viele verschiedenfarbige Injektionen auffinden. Und er war sich sicher, dass es sich um eine solche Injektionstechnik handelte, da auch nur bestimmte Muskeln mit Farbe durchtränkt waren, wie der Großzehenheber oder der hintere Schienbeinmuskel. Diese Muskeln waren, wie er wusste, besonders schwierig zu behandeln, da sie nicht direkt unter der Haut lagen und man erst durch andere Muskeln durchstechen musste, um sie zu erreichen. Auch die Konsistenz des Präparates war anders als bei den Präparaten für die Kurse der Studenten. Nicht so hart, die Gelenke waren gut beweglich und die Muskeln leicht verschiebbar, eigentlich wie bei einem lebendigen Menschen. Auch die Farbe war wie bei einem etwas blassen menschlichen Körper.

„Eindeutig Ethanol-Glyzerol-Fixierung", murmelte Nodus. Das war nicht weiter aufschlussreich, da die meisten Anatomien und auch sie in München dieses Fixierungsprotokoll für ihre klinischen Kurse nutzten, bei denen es für die Operateure wichtig war, dass sich alles anfühlte wie bei einem echten Eingriff an einem lebendigen Patienten. Die übliche Formaldehyd-Fixierung – wie für die Studenten-Kurse – konnte man hier nicht anwenden, da die Gewebe viel zu hart und fest wurden. Für die Ausbildungskurse der angehenden Mediziner war die Formaldehyd-Fixierung aber sehr praktisch, da dank ihr nicht alle feinen Strukturen bereits in den ersten Kurstagen von den ungeübten Händen zerstört wurden.

„In München haben wir aber doch nie einen Kurs mit Botulinum-Toxin abgehalten, soweit ich mich erinnern kann, oder?"

„Nicht, seitdem ich hier bin, und das sind nun auch bald fünfundzwanzig Jahre", entgegnete Ernst.

„Bitte seien Sie so gut", meinte Nodus, „und überprüfen bitte trotzdem all unsere Küvetten, ob irgendwo an einem Körper ein Bein fehlt. Das hat Zeit bis morgen", fügte er an, da er wusste, dass es sich um eine zeitraubende Aufgabe handelte, alle Tanks mit einem Kran zu öffnen, in dem man den Deckel und damit die Lagerungsbleche anhob, auf denen die Körper in die Konservierungslösung eingesenkt waren.

„Wird gemacht, Cheef. Wäre aber noch schöner, wenn ein Bein fehlte, ohne dass ich davon weiß!"

Am leicht verschnupften Tonfall erkannte Nodus, dass die bloße Annahme, es könnte bei „seinen Leichen" Unregelmäßigkeiten geben, Unbehagens Ehrgefühl verletzt hatte. Aber da konnte Nodus ihm auch nicht helfen. Vertrauen ist gut, aber Kontrolle war hier schlicht und einfach angebracht.

Sektion 3

Kurz nachdem er die Anstalt verlassen hatte, war das überschüssige Bein schon fast wieder vergessen. Allein der Anblick der Anatomischen Anstalt von der Pettenkoferstraße aus war eine Wucht! Erst, wenn man wie Nodus schon ein bisschen in der Welt herumgekommen war, konnte man das wirklich fundiert bestätigen, was einem schon beim ersten Anblick ins Auge stach. Der Bau war einmalig und dabei sowohl gewaltig und monumental, als auch schlicht und elegant. Die sogenannte „neue" Anatomie war ein Werk der Gründerzeit. Der Architekt Max Littmann, dem man in München imposante Gebäude verdankte, wie das Prinzregententheater und das Hofbräuhaus, hatte zusammen mit dem Anatomen Johannes Rückert von 1905–1907 dieses Gebäude geplant und erbaut. Prinzregent Luitpold finanzierte das Bauvorhaben mit insgesamt 1,75 Millionen Mark, was heute einer Summe von gut 30 Millionen Euro entsprechen würde. Luitpold, der im Jahr 2021 seinen zweihundertsten Geburtstag gefeiert hätte, war daher nicht allein aufgrund seiner Statur für Nodus ein persönliches Vorbild. Unter seiner Regentschaft hatte München einen ersten kulturellen Höhepunkt erreicht, den man in Form der Anatomischen Anstalt quasi in Beton gegossen hatte. Bereits damals war das Gebäude einzigartig und damit ein wenig wie die Titanic ein paar Jahre später, nur im Unterschied zu dieser zumindest bis heute anscheinend wirklich unzerstörbar. Selbst die Bombenangriffe des zweiten Weltkriegs hatten dem Gebäude – abgesehen von den eingestürzten Fensterscheiben – nichts anhaben können. Die Anstalt stellte zur Zeit ihrer Erbauung das erste große Gebäude der westlichen Welt dar, das aus Eisenbeton gebaut worden war. Stahlträger wurden dabei in Beton eingelassen, um Flexibilität und Stabilität als die einmaligen Stärken der beiden Baustoffe zu vereinen. Heutzutage mochte man vielleicht gleich an die CO_2-Bilanz des Gebäudes denken. Die Haltbarkeit des Gebäudes war jedoch unbestritten.

Aber auch die Architektur suchte bereits damals ihresgleichen. Die Gliederung in einen langen Mittelbau mit einem Ost- und Westflügel war typisch für Anatomie-Gebäude und in ähnlicher Form bereits ungefähr fünfzig Jahre zuvor an der Charité in Berlin, in Wien, Würzburg und anderswo gewählt worden. In München hatte aber Littmann vor und hinter den Mittelgang jeweils einen Rundbau gesetzt. Der im Süden beherbergte den über vierhundert Personen fassenden großen Hörsaal, der seit der Renaissance wie ein typisches Theatrum anatomicum in Form eines Amphitheaters gestaltet war. Die Kuppel im Norden des Mittelgangs saß auf einem viergeschossigen Halb-Zylinder, der im Erdgeschoss die Schausammlung und darauf über die Höhe von zwei Stockwerken den majestätischen Seziersaal umschloss. Auf dessen abgehängten Kuppeldecken thronte der Mikroskopier-Saal. Sammlung und Seziersaal verfügten außerdem über fünf Apsiden, die als nahezu geschlossene kreisförmige Anbauten die Grundfläche der beiden Räumlichkeiten auf jeweils 600 Quadratmeter erweiterten. Dieses Baukonzept ermöglichte, dass auch nach der Generalsanierung im Jahr 2015 noch bis zu vierhundertfünfzig Studierende und Dozenten gemeinsam präparieren konnten. Und das war überhaupt das Besondere! Nur in München konnte es vorkommen, dass man eine Sanierung des unter Denkmalschutz stehenden Gebäudes nicht nur andachte, sondern tatsächlich auch umsetzte, und zwar für 39 Millionen Euro. Dennoch musste auch Nodus zugeben, dass man für diese Summe ein stolzes Hightech-Krankenhaus hätte bauen können, das im Fall von Pandemien und anderen Katastrophen viele Leben retten konnte. Aber in diesen Jahren waren solche Schicksalsschläge in unseren Breiten undenkbar. Und dank ihres Architekten, für den dieses Projekt bis zu seiner Vollendung zu einer Herzensangelegenheit gereift war, war die Sanierung ebenso perfekt ausgeführt worden wie von Littmann die Ersterbauung. Dieser Einsatz war mit dem Architekturpreis in Gold des Freistaates Bayern auch angemessen gewürdigt worden.

Für Nodus war es jeden Tag ein Genuss, durch das bogenförmige Hauptportal in das Foyer und dann an der Sphinx vorbei über die Freitreppe das Gebäude mit seinen weiten und lichten Fluren zu betreten. In der Mittagspause konnte man in der Gartenanlage der Anstalt im Schatten der Platanen spazieren oder auf einer der Bänke die Ruhe genießen. Dabei hielt einem die auch aus Beton gefertigte Mauerumfriedung den Verkehr der Großstadt und das bunte Leben der Pettenkofer- und Schillerstraße angenehm vom Leib und versetzte einen in eine Zeit zurück, als man sich nicht in Blogs mit Achtsamkeit und Digital-Detox auseinandersetzen musste, um das eigene Leben wieder in den Griff zu bekommen.

Leider war kurz nach der Sanierung eine neue Approbationsordnung umgesetzt worden, die den rechtlichen Rahmen für Ablauf und Inhalte des Medizinstudiums festlegte. Ziel war es, die Ausbildung nach amerikanischem Vorbild noch praxisorientierter zu gestalten. Statt ausführlicher Erläuterungen und eigenständiger Versuche in den Grundlagenwissenschaften wie Anatomie, Physiologie und Biochemie stand nun der Kleingruppenunterricht am Patientenbett ab dem ersten Tag des Studiums auf der Tagesordnung. Eigentlich ein Unding, da das Medizinstudium, zumindest was Organisation und Durchfallquoten anging, seit jeher eine Spitzenstellung an den Universitäten einnahm. Trotzdem hatten es die Medizindidaktiker irgendwie geschafft, die Politik davon zu überzeugen, dass der sogenannte Ärztemangel am ehesten durch eine grundlegende Neugestaltung des Studiums mit einer Vermittlung von Kompetenzen statt von Wissen zu beheben sei, da die theoretisch begabten Einserabiturienten bisher zu wenig auf die Tätigkeit als Landarzt vorbereitet würden. Dass eigentlich eine viel komplexere Situation dahinter steckte, wurde dann schnell ausgeblendet. Man hätte aber leicht erkennen können, dass sich junge Menschen heute aussuchen wollten, wo sie lebten, und Großstädte wie München eine andere Lebensqualität lieferten als ein Bergdorf in einem Tal der Alpen, in dem nie ein Sonnenstrahl den Boden erreichte und schnelles Internet noch abwegiger war als ein beständiges Telefonnetz. Außerdem wurde inzwischen Wert auf Freizeit gelegt, was immer banal als Work-Life-Balance bezeichnet wurde. Als wäre Arbeit nicht ein essentieller Teil des Lebens mit der Möglichkeit, sich sinnvoll und kreativ zu beschäftigen und dafür auch noch gesellschaftliche Anerkennung zu verdienen. Jedenfalls überlegten es sich die Ärzte heute mehrmals, bevor sie eine eigene Praxis übernahmen und ließen sich lieber in Teilzeit anstellen, um neben der Arbeitsbelastung nicht auch noch das finanzielle Risiko alleine zu tragen. Für Familien war es zudem schwer, das Elterndasein mit einem oder zwei Arzt-Berufen in Klinik oder Praxis zu vereinbaren, die organisatorisch immer noch zu wenig auf flexible Arbeitszeiten ausgelegt waren. Da die Krankenhäuser heutzutage nach Krankheitspauschalen abrechneten und daher die Liegezeiten der Patienten auf das Minimalste verknappten und diese auch nach größeren operativen Eingriffen innerhalb weniger Tage in die ambulante Nachsorge durch die Hausärzte entließen, war der Arztberuf nicht zuletzt auch aufgrund der Arbeitsverdichtung nicht mehr mit dem Traum aus Nodus Jugend zu vergleichen. Damals war der Beruf als Lebensaufgabe verstanden worden, hinter der Freizeit und Familie zurückstecken mussten.

  Eigentlich hätte klar sein müssen, dass man dieser Situation kaum mit einer Neuorganisation des Studiums Herr werden konnte. Auch die Erfahrungen aus den USA hätten das vermuten lassen können, wo man bereits zwanzig Jahre vorher die gleichen Fehler gemacht hatte und alle Neubauten an Universitäten ohne Praktikumsräume und damit auch ohne Seziersaal geplant und erbaut hatte. Nichtsdestotrotz hatte man die neue Ordnung eingeführt, obwohl alle beteiligten Dozenten geklagt hatten. Und zwar auch die achthundert Gelehrten, die bei der Erstellung des Gegenstandskatalogs für das Studium mehrere Jahre lang um die Inhalte gerungen hatten. Und so war es gekommen, dass man die Inhalte auch der Anatomie drastisch gekürzt und die Stellen kurzerhand in die Klinik verschoben hatte, wo sie nun durch die Behandlung von Patienten Erlöse erzielen konnten. Daher war Nodus inzwischen als Dozent allein für die wenigstens noch gut besuchte Hauptvorlesung verantwortlich und der Präparierkurs nur noch eine Wahlfachveranstaltung für ein paar besonders Interessierte, die sich bereits von Anfang an eher für eine operative Disziplin im Fächerkanon der Medizin entschieden hatten. Und so kam er sich bisweilen in den imposanten Hallen etwas vereinsamt vor, deren Dimensionen unmissverständlich klarstellten, dass sie aus einer anderen Zeit stammten, in der der Anatomie noch ein höherer Stellenwert beigemessen wurde.

Sobald er die Anstalt durch das Hauptportal verließ, ließ er auch die Gedanken an seinen Beruf zurück. Das war auch ein Grund, warum Nodus so gern zur Arbeit radelte. Sobald er sich auf sein Klapprad schwang und gemächlich Richtung Theresienwiese davon radelte, war der Kopf frei und die Arbeit vergessen. Nicht zu vergleichen, wenn man versuchte, am Feierabend mit dem Auto aus der Innenstadt zu entkommen. Dann dauerte es nicht nur doppelt so lange, sondern man bekam auch Magengeschwüre, da viele der in der Innenstadt tätigen Geschäftsleute ihren Ehrgeiz nicht auf ihren Beruf beschränken konnten, sondern auch an jeder Ampel beweisen mussten, dass SUV oder Sportwagen ihre PS-Zahlen nicht nur zur Zierde hatten, sondern um im alltäglichen Überlebenskampf der Großstadtsnobs einen fuß-festen Selektionsvorteil zu bieten. Sein Weg führte Nodus wie immer durch den Hirschgarten. Heute hatte er irgendwie das Gefühl, sich eine Weinschorle und ein Hähnchen verdient zu haben. Meist fiel es ihm schwer zu widerstehen, wenn er am Biergarten vorbeikam und die vielen Menschen sah, die entspannt in der Sonne an den Biergarnituren saßen und ihr Bier und die Brotzeit genossen. Und da zuhause seit geraumer Zeit sowieso niemand auf ihn wartete, konnte er es sich auch leisten, seinem Appetit nachzugeben und nahezu ohne schlechtes Gewissen einen Zwischenstopp im Hirschgarten einzulegen.

Der Hirschgarten trug seinen Namen zu Recht, da an seiner Westseite ein Wildtiergehege grenzte, in dem auch das Damwild das Leben in München genoss. Obwohl der Hirschgarten achttausend Besucher fasste, was ungefähr dem Fassungsvermögen der Olympiahalle entsprach, und damit sicher nicht zu den kleinen, lauschigen Biergärten zählte, konnte man entspannt unter Kastanien im Schatten sitzen. Der Charme des Hirschgartens war auch, dass er nicht so von Touristen geflutet wurde wie zum Beispiel der Augustinerkeller an der Hackerbrücke, weil er vom Hauptbahnhof dafür doch etwas zu weit abseits lag. Zwar kein Münchner Geheimtipp, aber im Sommer war ein Besuch einfach ein Genuss. Nodus wusste, dass sein Kühlschrank wieder von einer Dürrezeit heimgesucht wurde, weil er es einfach nicht schaffte oder einfach nicht daran dachte, einzukaufen. Da war die Entscheidung sehr schnell gefallen, heute Abend hier einzukehren. Für sich alleine einzukaufen und zu kochen war einfach keine wahre Pracht. Vielleicht sollte er auch öfter bei einem der Lieferservices bestellen, die einem das Essen nach Hause lieferten. Oder einen Kühlschrank kaufen, der alle Lebensmittel selbst über das Internet nachbestellte, sobald sie zur Neige gingen. Letzteres war für Nodus allerdings nicht nur abwegig, sondern ausgeschlossen. Nicht in diesem Leben, soviel war für Nodus klar.

Noch in Gedanken stellte Nodus sich in eine der Warteschlangen, die heute an einem Wochentag um kurz nach fünf auch noch recht überschaubar war, und bestellte sich seine Weinschorle. Verglichen mit einem echten Schoppen aus Franken, wo er lange Jahre während seines Studiums und vor seiner Ausbildung zum Anatomen gelebt hatte, war die Schorle natürlich nicht konkurrenzfähig. Kurz trauerte er den Weinfesten in Würzburg zu seiner Studentenzeit nach. Trotzdem war eine Weißwein-Schorle im Glas einer halben Maß eine kühle Erfrischung, wenn es wie jetzt im September noch richtig warm war.

Jetzt noch das halbe Händel mit Pommes, und der Feierabend kann beginnen, dachte er und spürte, wie ihm das Wasser im Munde zusammenlief.

Oder doch ein Steckerlfisch? Dessen Räucherduft war ebenfalls auszumachen.

Man hat's schon net leicht, aber leicht hat's einen.

Nodus setzte sich an eine Biergarnitur gegenüber dem Hirschgehege, um sich mit dieser schwerwiegenden Frage in Ruhe auseinanderzusetzen. Wenn er sich die Sonnenbrille auf die Nase schob und die Beine ausstreckte, brauchte er nur die Augen schließen und sich die Sonne auf den Bauch scheinen lassen, und schon war er völlig entspannt. So verharrte er ein paar Minuten, bis sich plötzlich jemand zu ihm herabbeugte, sodass dessen Schatten die wärmenden Strahlen abschirmten. Nodus öffnete nur halb die Lider und grummelte durch seinen Bart:

„Schleich di, und geh mir aus der Sonne!"

Der Zauber des friedlichen Moments war dahin. Nodus starrte dem Rosenverkäufer nach, der ihm im nächsten Moment schon wieder leidtat, hatte er sich doch in der

Vergangenheit des Öfteren erweichen lassen und ihm eine Rose abgekauft.

„Ach Crista....", seufzte er tief und erhob sich beschwerlich.

Immerhin war die Entscheidung für heute gefallen. Nun konnte er dem Duft des knusprigen Hähnchens nicht mehr widerstehen, der von den Holzhütten im Eingangsbereich herüberwehte. Also machte er sich nochmal auf und holte sich Hendl und Pommes frites und wie immer eine doppelte Portion Radi. Dann genoss er sein Abendessen.

„Uns geht's scho guat!", murmelte er in seinen Bart, so wie er es früher in Gesellschaft getan hatte, wenn das Essen und Trinken in gemütlicher Runde heimelige Gefühle in ihm aufkommen ließ. Damals hatte er in der Anatomie noch eine Gruppe von Assistenten um sich geschart, mit denen er auch privat viel unternommen hatte und richtiggehend befreundet war. Mit zunehmendem Alter war das aber anders geworden und dank der organisatorischen Änderungen des Medizinstudiums war er inzwischen ganz allein. Auch privat war er inzwischen seit vielen Jahren Einzelgänger geworden, nachdem ihm das Schicksal so grausam alle um ihn genommen hatte.

Schnell schob er diesen dunklen Gedanken zur Seite und besann sich wieder auf das zarte und nach feinen Gewürzen duftende Fleisch. Wenn man schon Vergleiche mit Franken anstellte, so musste man allerdings auch zugeben, dass die Münchner Biergärten im Sommer einfach einmalig und in dieser Vielfalt und Gemütlichkeit in Franken nicht zu finden waren. Besonders in den größeren Städten wie Würzburg und Nürnberg waren Biergärten dünn gesät. Und sein Beruf als Anatom brachte es mit sich, dass er nur in Universitätsstädten Anstellung fand. Täglich aufs Land hinaus pendeln wollte er auch nicht. Daher war die Auswahl in Bayern beschränkt. Mit der in Augsburg kürzlich gegründeten Medizinischen Fakultät gab es fünf bayrische

Universitäten mit anatomischen Instituten. Außerhalb von Bayern zu leben war für Nodus völlig undenkbar. Irgendwie war er von seiner Mentalität her einfach nicht gemacht für ein Leben in Preußen.

Im Himmel

Nachdem er bedächtig gegessen und sich die fettigen Finger an seinem Stofftaschentuch, das er immer mit sich führte, abgeputzt hatte, genoss er noch eine Weile das gemütliche Treiben um ihn herum. Als die Sonne sich am Horizont neigte und die Schatten länger wurden, wurde es heute aber bereits schnell frisch. Er schob sein Klapprad nach Hause, wie um die Zeit zu dehnen, die ihn von seinem verlassenen Heim trennte. Als er dann, trotz eines ausgedehnten Umweges um den Park des Nymphenburger Schlosses, schließlich zu Hause ankam, dämmerte es bereits. Nodus schloss die Tür auf und ließ sie hinter sich ins Schloss fallen. Die Stille war mit Händen zu greifen und schier erdrückend. Jedenfalls fiel ihm das Atmen schwer. Er kannte dieses Phänomen und wusste inzwischen, dass es der Anflug einer Panikattacke war und keine lebensbedrohliche Ursache hatte. Dies hatte er vor einigen Jahren abklären lassen, als sich die Beklemmungsgefühle erstmalig eingestellt hatten. Diese kamen auch nicht von ungefähr, da sie ziemlich genau ein halbes Jahr nach dem Ereignis erstmalig auftraten, das ihn über Nacht zum Strohwitwer gemacht hatte.

Jetzt überwältigte ihn doch eine Welle eines schlechten Gewissens, da er es sich im Hirschgarten gut gehen ließ, während seine geliebte Crista nur ein paar Kilometer weiter wie üblich am Tropf hing. Wie fast an jedem Tag machte er auf dem Absatz kehrt, bestieg seinen Van und fuhr in den Agathen-Stift, wie das Pflegeheim am Stadtrand Münchens hieß, in dem seine Frau seit bald zehn Jahren betreut wurde. Er parkte den Bus, trat mit dem Nicken eines langjährigen Besuchers an der Rezeption vorbei und erklomm das Treppenhaus in das Dachgeschoss. Dann öffnete er ohne zu klopfen die Zimmertür am Ende des Gangs. Ein Klopfen wäre sowieso nicht beantwortet worden und er war sich nicht einmal sicher, ob Crista es überhaupt wahrzunehmen vermochte.

Da lag sie nun im Dämmerlicht unter der weißen Decke. Das kastanienrote Haar umgab ihr feines Gesicht wie ein Heiligenschein und bedeckte das Kissen weitgehend. Sie sah so friedlich aus, allerdings konnte auch Nodus nicht ausblenden, dass sie trotz der vorbildlichen Pflege immer weniger wurde. Sie wog nur noch vierzig Kilogramm und war letztlich nur noch Haut und Knochen. So abgehärtet er im beruflichen Alltag auch war, wo viele seiner Patienten dünn und sogar kachektisch und damit richtiggehend ausgemergelt waren, so wenig konnte er hier im Agathen-Stift mit dem Anblick seiner Crista umgehen. Sie war federleicht, wie er wusste, da er sie an sonnigen Tagen oft mit sich auf den Balkon hinausnahm. In seinen kräftigen Armen wog sie nicht mehr als ein Kind, das kannte er von früher. Aber das war ein anderes Leben gewesen.

Behutsam und mit Tränen in den Augenwinkeln setzte er sich an die Seite seiner Frau und nahm ihre Hand.

„Crista."

„Ich glaub', ich werde alt!"

„Sieh her: Falten überall und graue Haare! Nur der Bauch ist noch schön straff und rund!"

„Wenn du wüsstest, wie verrückt die Welt geworden ist, seitdem du hier liegst."

„Oft frage ich mich sogar, ob nicht ich es bin, der langsam aber sicher in den Wahnsinn abrutscht. Zum Beispiel, wenn ich bei schlechtem Wetter auf dem Weg zur Arbeit in der S-Bahn den ganzen Zombies dabei zusehe, wie sie auf ihre Smartphones starren."

„Heute hat ein Irrer ein Bein in der Anatomie abgestellt."

Nodus war sich inzwischen sicher, dass es dabei nicht mit rechten Dingen zugehen konnte und spürte, wie bei der Erwähnung der Ereignisse vom Vormittag wieder die Empörung in seiner Brust hochkam.

„Es wäre so schön, wenn du mir sagen könntest, was du von all dem Krampf hältst, den ich jeden Tag in der Anstalt und auf dem Weg dorthin erlebe.

Das Leben ist so anders geworden als damals, als wir uns noch zu Hause zusammen auf die Gartenbank setzen konnten, um die Abendsonne zu genießen."

Crista schnaufte einmal tiefer, zumindest bildete Nodus sich dies ein, was für Crista eine enorme Gefühlswallung und für ihn eine wohltuende Bestätigung bedeutete. Nodus hielt noch eine Weile ihre Hand, gab ihr dann zum Abschied einen Kuss auf die Stirn und verließ leise das Zimmer. Dann kehrte er wie üblich in sein verlassenes Zuhause zurück.

V
TIMOR

Zwei Wochen zuvor

Da stand er nun, nachdem er gerade aus einer Maschine aus München kommend das Rollfeld des internationalen Flughafens in Sarajevo betreten hatte und im Begriff war, in einen der Flughafenbusse einzusteigen, die ihn ins Terminal bringen würden. Besonders mochte er diese Remote-Gates nicht, bei denen man nicht ordentlich in sein Flugzeug einsteigen konnte, sondern vorab über den Flughafen kutschiert wurde, meist stehend in einem überfüllten Bus. Aber so war das, wenn man bei der Buchung zu sehr aufs Geld schaute, wie anscheinend seine Firma. Allein die Tatsache hatte ihn verwundert, dass er nun nach ein paar Monaten der reinen Bürotätigkeit einen Auswärtstermin wahrnehmen sollte, und nun auch recht zügig, da ihm erst gestern von seiner Reise mitgeteilt wurde.

Knapp eine Stunde später war er im Terminal an den Passkontrollen vorbei und sah sich mit seinem Handgepäck nach dem Fahrer der Firma um, der ihn hier abholen sollte. Kaum hatte er sich einmal nach allen Seiten gewendet, wurde er auch schon von einem dunkelhaarigen, mittelgroßen, aber ungewöhnlich kräftig gebauten Mann angesprochen, der mit seiner schwarzen Lederjacke und den dunklen, verwaschenen Jeans auch in jeder anderen Großstadt Europas nicht weiter auffallen würde. Der Mann wirkte sehr dynamisch, hinkte aber leicht auf dem rechten Bein, das er beim Gehen schlurfend nach sich zog.

Nachdem sie sichergestellt hatten, dass er tatsächlich der gesuchte Gast war, auf den der Fahrer gewartet hatte, traten sie aus dem Flughafen und stiegen in einen alten, grüngrauen Lada Niva-Geländewagen. Nach seinen Informationen bestand sein Auftrag darin, eine neu gegründete Zweigstelle der Firma zu besuchen, um die Zusammenarbeit bei der Organisation von Veranstaltungen in Zukunft besser koordinieren zu können. Wie sich im Gespräch auf Englisch bald herausstellte, war der vermeintliche Fahrer sein Kollege und der Leiter der neuen Außenstelle in Sarajevo und sie auf dem Weg zu einem Krankenhaus in der Umgebung. Dieses war damals im Jugoslawien-Krieg von UN-Einsatztruppen in einem alten psychiatrischen Krankenhaus eingerichtet worden und seitdem in Betrieb. Schon während des Fluges hatten sich seine Gedanken um den eigentlichen Sinn der Reise gedreht. Seit seiner Einstellung hatte er bisher nur mit der Zentrale in den USA zu tun gehabt, bei der er für jede geplante Veranstaltung die benötigten Leichenteile bestellt hatte, und von wo aus sie auch versendet wurden. Die Firma war darauf spezialisiert, für medizinische Kurse in Deutschland und in umliegenden Ländern Europas die Präparate für Operationskurse zu organisieren. Da es in den USA möglich war, seinen Körper und auch den seiner Angehörigen nach dem Tod jeder beliebigen Einrichtung zu vermachen, nahmen diese Gelegenheit dort in jedem Jahr zehntausende Mitmenschen wahr. Ihre Firma war extrem großzügig und zahlte jedem Spender bis zu 2000 $, je nachdem, wie gesund er war und ob er alle geforderten Kriterien erfüllte. Für muskulöse Männer ohne Übergewicht zahlte die Firma am meisten, da diese Präparate am häufigsten von den Firmen, welche die klinischen Kurse zusammen mit Ärzten veranstalteten, nachgefragt wurden. Mit diesem Material konnten sie dann neue Operationsmethoden oder Prothesen testen, bevor diese an lebenden Menschen zum Einsatz kamen. Obwohl das Geschäft zunächst etwas makaber anmutete, hatte ihn im Vorstellungsgespräch schnell überzeugt, dass die Kurse von enormen medizinischen Nutzen für die Menschheit waren, da man solche Studien nicht an Tierkörpern durchführen konnte, deren Bau sich vom Menschen doch zu sehr unterschied.

Zu ihren Dienstleistungen zählte auch, dass sich seine Firma nicht nur um die Bereitstellung der Präparate vor den Kursen kümmerte, sondern auch im Anschluss die Entsorgung der Präparate übernahm. Daher veranlasste er immer den Rücktransport in die USA, auch wenn ihm nicht klar war, wie der genau ablaufen sollte, da die Präparate ja irgendwo gelagert und gesammelt werden mussten, bis ein Sondertransport organisiert werden konnte, der rentabel war. So stellte er es sich zumindest vor, und hier endeten auch seine Informationen. Er beauftragte nur die Abholung der Präparate und informierte ihre Außenstelle über die Anlieferung, kümmerte sich aber dann nicht weiter um deren Schicksal.

Nach seiner Information wurden die Leichenteile, meist handelte es sich um Arme, Beine und Köpfe, seltener auch ganze Körper, direkt aus den USA zu den Veranstaltern der Kurse in Kliniken und Forschungsinstituten gebracht. Daher passte der Besuch in Sarajevo gar nicht in diese Arbeitsabläufe. Zuletzt hatte er angenommen, dass er in Zukunft auch die Lieferungen nach Bosnien von seinem Büro in München aus koordinieren sollte, da vielleicht der Transport über Deutschland einfacher zu organisieren sei, weil hier die Europa-Zentrale der Firma angesiedelt war. Mit diesem Erklärungsmodell war er nun hier angereist und inzwischen doch zunehmend gespannt, was der Besuch in einem Krankenhaus für einen Sinn machen würde, da sie die Kommunikationsabläufe doch auch genauso gut im Büro des Kollegen besprechen hätten können.

In Gedanken versunken fuhren sie inzwischen über einsame Landstraßen und bogen gerade in einen unbefestigten Waldweg ein, der sich in Serpentinen durch die felsigen Hügel schlängelte. Hier war der Geländewagen unerlässlich, aber er fragte sich, ob diese abgelegene Lokalisation wirklich ein guter Platz für ein Krankenhaus war. Sein Kollege klärte ihn auf, dass man im Jugoslawien-Krieg das Krankenhaus als Stützpunkt für die Luftrettung gebaut hatte, von dem aus schwerverletzte Soldaten der Blauhelmtruppen nach Österreich oder Deutschland ausgeflogen wurden. Nach dem Massaker von Srebrenica im Jahre 1995 war es zudem nötig gewesen, auch eine Lagerstelle für die Opfer zu haben, die so schnell nicht alle in Massengräbern bestattet werden konnten. Zu dieser Zeit war auch ihre Firma gegründet worden, wie sein Kollege zu berichten wusste, was für ihn selbst aber neu war. Anstatt die Körper zu beerdigen, konnte man sie nämlich noch gewinnbringend in Europa absetzen, da es auch damals schon klinische Fortbildungskurse gab, für die man nicht unbedingt die anatomischen Institute mit ins Boot holen wollte. Die Abgeschiedenheit des Krankenhauses in den Bergen ermöglichte es nach dem Kriegsende sogar, Spezialkurse anzubieten, in denen Operationen direkt an lebenden Patienten ausgeführt werden konnten. Die Selbstverständlichkeit, mit der sein Kollege diese Angebote schilderte, verstörte ihn mindestens ebenso sehr wie der Inhalt seiner Worte. Test-Operationen an lebenden Menschen, das war wie zu den schlimmsten Zeiten in den Konzentrationslagern des Nationalsozialismus. Eigentlich hatte er geglaubt, diese Zeiten seien für immer vorbei. Diese Annahme war aber wohl naiv und es schien eher so zu sein, dass jeder Krieg auch die perversen Begleiterscheinungen zu neuem Leben erweckte, die durch die Gewalt und die Nichtbeachtung der Menschenrechte erst möglich wurden. Nach ein paar Jahren sei die Organisation der Kurse vor Ort aber zu gefährlich geworden und die Zahl von Ärzten, die bereit waren, sich in die Einöde einfliegen zu lassen, um lebende Menschen zu quälen, hatte auch abgenommen. Daher kehrte man allmählich wieder zum Kerngeschäft des Krankenhauses zurück, wie es sein Kollege formuliert hatte.

Jetzt bog der Weg aus einem abschüssigen Waldweg, auf dem von einem anscheinend erst kürzlich gefallenen ausgiebigen Regen noch große Pfützen standen, durch die der Geländewagen jedoch mühelos hindurchpflügte, auf eine

Lichtung ein. Auf dieser erhob sich ein langgestrecktes kasernenartiges Gebäude, das in einem schmutzigen Grau mit kleinen Fenstern auf einer großen Wiese stand. Sie fuhren vor den Haupteingang, vor dem bereits zwei Krankentransporter geparkt waren, die sich wie ihr Fahrzeug auch durch eine besondere Geländegängigkeit auszeichneten. Sein Kollege stieg aus und begrüßte einen Arzt im weißen Kittel, der sie anscheinend schon erwartet hatte und gerade aus dem Gebäude trat.

„Dragan, heute aber zeitig dran, habt ihr schon wieder Engpässe?", begrüßte sie der Arzt.

„Nein, nein, ich möchte dich nur mit meinem Kollegen aus München bekannt machen, mit dem du in Zukunft öfter Kontakt haben wirst. Wie du weißt, werde ich nach Kabul versetzt, um das dortige Angebot an >Mandanten< zu sondieren und die Abschöpfung zu koordinieren. Da wir so schnell niemanden gefunden haben, der mich ersetzen kann, wollten wir den Kontakt zu dir direkt herstellen. Und um den Kollegen entsprechend zu motivieren, wurde ihm von Gordon eine Dienstreise spendiert, um die Umgebung von Sarajevo kennenzulernen".

So gesprächig hatte er den Kollegen bisher nicht kennengelernt. Es scheint sich also um einen langjährigen Kontakt zu handeln, der vielleicht sogar bis ins Jahr 1995 zurückging. Dabei hatte er gedacht, das Geschäft ihrer Firma hätte seinen Schwerpunkt in den USA. Eigentlich wusste er bis gestern gar nicht, dass es auch diesen Geschäftszweig hier auf dem Balkan gab.

„Schön, dass Sie kommen", fuhr der Mann in Weiß fort, „in der Tat kann man mit einem Unbekannten ja nicht einfach am Telefon oder per E-Mail abklären, was wir hier vermitteln wollen".

Das war für ihn neu, denn nichts anderes tat er eigentlich täglich mit der Geschäftsstelle in den USA ebenso wie mit den Kunden aus der Wissenschaft.

„Ja, lasst uns reingehen".

Auf dem Weg ins Arztzimmer schritten sie durch eine, wie es schien, völlig normale Station eines Krankenhauses. Alles wirkte zwar etwas in die Jahre gekommen und düster. Aber eigentlich reihte sich Zimmer an Zimmer und einen Stationsstützpunkt mit zwei Krankenschwestern, die zurückhaltend zur Begrüßung nickten, gab es auch. Nachdem sie die Tür des Arztzimmers verschlossen und sich an einem kleinen Glastisch niedergelassen hatten, hob ihr Gastgeber erneut an:

„Wie sieht's denn aus, Dragan? Was macht die Auftragslage?"

„Bei uns ist alles im grünen Bereich, aber die Lieferungen aus den USA werden immer knapper, da die Gesundheitsindustrie dort auch zunehmend Fortbildungsveranstaltungen organisiert. Die Interessenten müssen nicht mehr nach Deutschland kommen, wo die Alliierten nach 1945 sehr schnell die Möglichkeit erkannt hatten, die Infrastruktur der Nazis für ihre wissenschaftlichen Zwecke zu nutzen. Statt der logistisch aufwendigen Europareise, die seit „Fridays for Future" für die Ärzte dank ihrer Söhnchen und Töchterlein mit aufkeimendem ökologischen Bewusstsein sozial auch immer weniger akzeptabel ist, bleibt man lieber in der Heimat."

„Seid ihr deswegen mit dem Auto gekommen und nicht wie sonst mit dem Helikopter?", fragte der Mediziner.

„Das nicht, sondern wir hatten einfach Zeit, und mitnehmen wollen wir heute ja auch nichts. Aber, was habt ihr denn so auf Lager zurzeit?"

„Das Timing ist gut. Bei mehreren unserer Patienten sind in den letzten Wochen seit deinem Besuch die einzig verbliebenen Angehörigen verstorben, sodass wir eigentlich keine Verwendung mehr für sie haben und sie gerne loswerden würden. Das Gefrierhaus ist aber voll und wie du weißt zahlen die Kunden für frische Körper mehr als für Gefrorene".

Er war ja nicht naiv, aber bisher hatte er tatsächlich geglaubt, es handele sich bei ihren „Mandanten" um Körperspender, Freiwillige also, die zu Lebzeiten der Spende zugestimmt hatten. Entweder, um die Angehörigen zu entlasten, oder einfach nur, um etwas Geld zu verdienen. Das hier hörte sich aber ganz anders an. Auch die Option, gefrorene oder sogar frische Körper zu vermitteln, war für ihn einfach nur geschmacklos und widerlich.

„Ja, ich kläre, wann die nächste Veranstaltung stattfinden wird, die Frischfleisch braucht", antwortete Dragan und fuhr fort: „Den Versand kannst du dann mit unserem Kollegen hier klären!"

Sektion 4

Am nächsten Morgen war alles wie immer. Nodus dachte zunächst gar nicht mehr an den Vorfall mit dem einen Bein, sondern vertiefte sich in seine Unterrichtsvorbereitung. Heute war das Thema seiner Vorlesung das Arm-Nerven-Geflecht. Seine Aufgabe war es also, den Studierenden die verwirrende Vielzahl von Nervensträngen nahezubringen, die aus dem Rückenmark oder Gehirn austreten und vom unteren Hals zu Schulter und Arm ziehen. Leider handelte es sich insgesamt um zehn Nerven für die Schulter und noch einmal um sechs für den Arm. Blöderweise gingen die auch nicht schön ordentlich einer nach dem anderen aus dem Rückenmark hervor, sondern bildeten vorher ein Geflecht, das den hübschen Namen Plexus brachialis trug. Nodus liebte dieses Thema, da es „Anatomy at its best" war, der lebendige und anschauliche Beweis, dass man Anatomie nicht allein aus Büchern lernen konnte, sondern vielmehr nur dann richtig verstand, wenn man die Nerven selber präparierte und dabei „begriff".

Nodus hatte in seinem Leben schon deutlich mehr als hundert solche Geflechte präpariert, zu denen Ernst Unbehagen immer Plexusse sagte, was von der lateinischen Fachsprache her gesehen so falsch war, dass Nodus jedes Mal eine Gänsehaut bekam, und zwar am ganzen Körper. Außer an Hand- und Fußsohlen natürlich, hier gab es keine Härchen und damit auch keine kleinsten Muskeln, die diese zu einer Gänsehaut hätten aufstellen können.

Für Nodus war dieser Kurstag im Präparierkurs daher immer ein Schmankerl. Blöd nur, dass vorher in der Vorlesung alles erklärt werden musste, und zwar von ihm. Die Bilder der Lehrbücher, welche die Großkopferten immer so stolz veröffentlichten, taten einem meist auch nicht den Gefallen, dass auf ihnen alles eindeutig erkennbar gewesen wäre. Egal, da musste er durch. Das Thema war auch eines der wichtigsten zum Arm, denn neben den Gelenken, die durch Verschleiß und Verrenkungen kaputtgingen oder von Rheuma geplagt sein konnten, waren Verletzungen von Nerven häufig. Daher mussten die anatomischen Grundlagen von allen angehenden Ärztinnen und Ärzten aus dem Effeff beherrscht werden.

Die Vorlesung war soeben vorüber, was dank seiner nochmaligen Vorbereitungen auch nahezu ohne Verwechslungen und Versprecher über die Bühne gegangen war. Und das heißt schon was, denn die Sätze lauteten meistens so oder ähnlich: „Die vorderen Äste der Spinalnerven aus den zervikalen Rückenmarkssegmenten fünf und sechs bilden zunächst den Truncus superior, der durch die Skalenus-Lücke zwischen Musculus scalenus anterior und medius tritt, bevor sich dann die Nervenfasern zum Fasciculus lateralis seitlich der Arteria axillaris umlagern, um dann den Nervus musculocutaneus zu entsenden, dessen Nervenfasern schließlich alle Beugemuskeln am Oberarm und dann mit seinem Endast die Haut am seitlichen Unterarm innervieren, wie ja bereits sein Name nahelegt".

Nun stand der Präparierkurs an, das Heiligtum der Anatomen-Lehre. Nodus zog seinen weißen Kittel über und schlurfte in seinen alten Schlappen, die irgendwann vor über 30 Jahren mal weiß gewesen waren, in Richtung Präparier-Saal. Da er, wie meist nach der Vorlesung, fünf Minuten verspätet bei den von ihm betreuten Tischen im Präpariersaal ankam, waren seine Studierenden schon da und hatten bereits sorgfältig die nackten Körper der beiden Leichen abgedeckt. Sie setzten gerade ihre Präparationsbestecke zusammen und schlugen die Bücher auf, um sich an der Achselhöhle und am Hals zurechtzufinden. Nodus freute sich, dass er in diesem Jahr wieder eine richtig nette Gruppe von Studierenden erwischt hatte.

Seine Gruppe setzte sich an jedem Tisch aus zehn Studierenden zusammen, bei denen, wie im Medizinstudium inzwischen so üblich, mehr als die Hälfte weiblich waren. Obwohl das Studium gerade erst begonnen hatte, hatten sich augenscheinlich unter den neuen Studierenden schon Freundschaften gebildet, was das erste Semester mit seinem harten Aufprall in der Realität des Studiums für sie schon viel angenehmer machte. Nodus mochte es, wenn die Leute an seinem Tisch Fragen stellten und die Zeit nutzten, mit Hilfe ihrer Atlanten und Präparate alles so gut wie möglich freizulegen, anstatt lustlos an einem Körperabschnitt zu stehen und ein bisschen zu schaben und herumzuzupfen, was er auf den ersten Blick als bodenlose Planlosigkeit durchschaute.

Das ist nämlich das Problem in der Anatomie, dass man einen Nerv oder was auch immer man suchte, bei der Präparation nur dann darstellen konnte, wenn man den Nerv erstens überhaupt kannte, das heißt um seine bloße Existenz wusste, und zweitens auch eine gewisse Vorstellung besaß, wo er denn gelegen sein könnte. Man sieht also nur, was man weiß. Es war also wie schon Johann Wolfgang von Goethe fragte: „Was ist das Schwerste von allem? Was dir das Leichteste dünket: Mit den Augen zu sehn, was vor den Augen dir lieget!"

Wenn beides nicht der Fall war, man also nichts wusste und auch nicht mal eine grobe Vorstellung hatte, und man auch noch zu faul war, in einem Buch nachzusehen, war man im Präparierkurs aufgeschmissen. Dann blieb einem nur, mit einer minimal-invasiven Vorgehensweise die Zeit in der Hoffnung zu überbrücken, nichts von dem zu zerstören, was man nicht kannte und stattdessen darauf zu vertrauen, dass die nachfolgende Gruppe die Versäumnisse bestimmt ausgleichen würde, sodass man am nächsten Tag einen Anhaltspunkt haben würde, wie es bei der Präparation weitergehen könnte. Nodus kannte das zur Genüge und durchschaute diese Taktik auf den ersten Blick.

Das war seit der Studienreform zugegebenermaßen besser geworden, da heute nur noch Studierende im Wahlfach Anatomie für den Präparierkurs zugelassen wurden, und somit alle interessiert und begeistert waren. In der heutigen Kursstunde und bei dieser Gruppe war es heute auch besonders leicht, alle zu fesseln. Es war nämlich schon ein echtes Erlebnis, wenn Nodus zunächst an der Innenseite des Oberarms zügig mehrere Zentimeter in die Tiefe präparierte und dann die Faszie eröffnete, eine feste weiße Schicht aus Bindegewebe, die wie eine zweite Hautdecke unter dem Körperfett alle Muskeln, großen Nerven und Blutgefäße umhüllte. Darunter kamen dann die ersten Nerven des Armgeflechts zum Vorschein, zuerst der Medianus-Nerv, dessen dauerhafte Quetschung an den Handgelenken ein Karpaltunnelsyndrom verursachen konnte. Faszinierend war, dass dieser Nerv so dick war wie ein Stromkabel an einem Computer. Das ist ein ganz anderes Kaliber als man so erwarten würde, da man sich Nerven irgendwie immer als hauchdünne Strukturen vorstellte. Dicker als der Medianus war nur der Ischiasnerv an der Rückseite des Oberschenkels, der einen halben Zentimeter dick und gut zwei Zentimeter breit war und fast so aussah, als hätte sich ein ausgewachsener Bandwurm ins Präparationsgebiet verirrt.

Mit ein paar geschickten Handgriffen, bei denen Nodus das Skalpell beiseitelegte, löste er mit den Fingern die einzelnen Nerven voneinander, die aus dem Armgeflecht hervorgingen. Jetzt war es rings um den Tisch mucksmäuschenstill und die Studierenden schauten Nodus andächtig bei seiner Präparation zu, die bei ihnen wohl Tage gedauert hätte, besonders, wenn man nichts kaputt machen wollte. Da die Präparate aber konserviert und dabei mit Formalin so behandelt worden waren, das alle Strukturen nicht nur vor Verfall und Fäulnis bewahrt, sondern zusätzlich auch noch stabil gemacht worden waren, konnte Nodus richtig Hand anlegen. Am Ende der Kursstunden waren die Nerven alle zumindest zu erahnen, sodass die Studierenden jetzt in aller Ruhe in den kommenden Kursstunden alles schön ordentlich herausarbeiten konnten, bis kein bisschen Fett und Bindegewebe mehr den Durchblick störte. Daher sagte Nodus abschließend auch wie fast in jeder Stunde:

"Leute, was man sieht, braucht man nicht auswendig zu lernen, sodass ihr es in der Prüfung damit viiieeel einfacher habt!"

*

Vergnügt pfeifend kehrte er nach dem Kurs in sein Büro zurück, nachdem er den Kittel in der Dozenten-Garderobe abgehängt und sich gründlich die Hände gewaschen hatte, die trotz der Handschuhe nach einem mehrstündigen Kurstag ein wenig nach Fett, Alkohol und Formalin rochen. Nachdem er sich eine Kanne Schwarztee aufgesetzt hatte, lehnte sich Nodus in seinem alten Ledersessel zurück und starrte aus dem Fenster in das Herbstlaub der Bäume, das im milden Wind sanft vor sich hinwogte. Er konnte sogar den Staub in der Luft tanzen sehen, wo die Sonnenstrahlen durch das Holzgebälk des alten Fensters auf seinen Schreibtisch fielen. Zusammen mit dem Brodeln des Wasserkochers im Ohr und der wärmenden Sonne auf der Haut seiner Unterarme ergaben alle Sinneseindrücke ein so stimmiges Bild, dass er sich auf einmal so gemütlich und entspannt fühlte wie schon lange nicht mehr.

Gerade, als die Zeit für einen Moment still zu stehen schien, wurde er durch das Klingeln seines Telefons aufgeschreckt und aus seinen Gedanken gerissen. Kurz überlegte er, das Gespräch gar nicht anzunehmen und zu hoffen, dass die Stimmung der letzten Augenblicke durch das schrille Geräusch nicht ruiniert worden war. Doch vergeblich, der Anrufer war offenbar hartnäckig. Wieder einmal ärgerte er sich, dass er bei der Generalsanierung der Anstalt vor ein paar Jahren die Umrüstung der Telefon-Apparate auf eine Anlage mit Nummernanzeige abgelehnt hatte. Andererseits vertrat er im Allgemeinen die Auffassung, dass man es dem Anrufer schon schuldig war, auch abzunehmen, wenn jemand sich die Mühe machte, in der Anatomie anzurufen. Und da musste man anrufen, wenn man ihn erreichen wollte, denn ein Handy hatte er schließlich nicht und zu Hause besaß er überhaupt kein Telefon. Also hob er ab.

„Nodus, alter Knochenknürpser!"

Es gab nur einen, der Nodus so nannte. Das war Rudolf Fässler, sein Kollege aus der Anatomie in Regensburg. Fässler und ihn verband eine lange Freundschaft, schon aus der Zeit, bevor sie nahezu zeitgleich auf ihre jetzigen Positionen berufen wurden. Fässler war ein netter Kerl. Besonders faszinierte Nodus, dass er Fässler noch nie gestresst oder ungehalten erlebt hatte. Und das lag nicht daran, dass er das Leben oder den Beruf ruhig angehen ließ. Im Gegenteil, Fässler war sehr aktiv und an seiner Universität ein vielgefragter Wissenschaftler. Aber irgendwie lebte er anscheinend auf einem anderen Energie-Niveau und hatte zudem eine Aura, die es einem unmöglich machte, ihm etwas übel zu nehmen.

„Fässler, was gibt's? Schön, dass du mal anrufst".

Früher hatten sie häufig Kontakt gehabt, besonders, als sie zusammen noch ein kleines Lehrbuch herausgegeben hatten. Nodus erinnerte sich noch gut, wie geehrt sie sich beide gefühlt hatten, als einer der im Bereich Anatomie stark vertretenen Medizinverlage bei ihnen beiden angefragt hatte, ob sie nicht zusammen ein neues Standardwerk der Anatomie auflegen wollten. Es hatte anfangs auch großen Spaß gemacht, die Anatomie nicht nur systematisch und funktionell, sondern auch praxisnah zu vermitteln. So etwas gab es damals nur in den Lehrbüchern aus Amerika. In deutschen Büchern konnte man damals eine direkte Anbindung an medizinische Fragestellungen nur dann finden, wenn die Anatomie des Menschen in mindestens sieben Bänden dargestellt war. Diese Werke waren damit schon allein vom Umfang her für Studierende völlig ungeeignet. Obendrein waren die meisten Anatomie-Bücher in ihrer gesamten Erscheinung schlichtweg „knochentrocken", sodass man meist nach wenigen Seiten einschlief, wenn einem nicht die Angst vor der bevorstehenden Anatomieprüfung im Nacken saß. Daran erinnerte er sich noch aus seiner eigenen Studienzeit.

Entsprechend hoch motiviert waren Fässler und er, ein kurzes, spannendes und obendrein klinisch ausgerichtetes Anatomie-Buch zu entwerfen. Insgesamt fünfzehn Auflagen sollte der Nodus/Fässler insgesamt erleben. Dann hängten sie ihn an den Nagel, weil sie sich mit dem Verlag schlichtweg über die Zielsetzung nicht mehr einig wurden. Die Wissenschaftsverlage hatten sich inzwischen zu global agierenden, börsennotierten Unternehmen gewandelt, die immense Gewinne generierten, indem sie auf der einen Seite den Wissenschaftlern Geld dafür abnahmen, dass sie ihre Ergebnisse veröffentlichten, und dann die Zeitschriften mit diesen Ergebnissen mittels Knebelverträgen an die Universitäten verhökerten, die diese aus Steuermitteln der Bürger bezahlten. Die Universitäten mussten dann Pakete abnehmen, die auch die unwichtigsten Journale enthielten, die keiner haben wollte, und die sonst zum Ladenhüter geworden wären. Solche Verlage interessierten sich vor allem dafür, möglichst jedes zweite Jahr eine neue Auflage eines Buches herauszugeben, da sie bei jeder Auflage den Verkaufspreis anheben konnten. Nodus und Fässler waren aber der Ansicht, dass nach fünfzehn Auflagen das Buch soweit ausgereift war, dass man höchstens ein paar neue Erkenntnisse einfügen oder die Relevanz für ein neues Operationsverfahren ergänzen musste. Das war aus Sicht der Verlage aber zu wenig. Als dieser dann durchblicken ließ, dass München und Regensburg auch nicht mehr der Nabel der Welt seien, was die Mediziner-Ausbildung anging, beschlossen Nodus und Fässler, einfach auszusteigen. Da man als Herausgeber von Lehrbüchern sowieso noch nie wohlhabend oder gar reich geworden war, weil der Löwenanteil des Verkaufspreises im Buchhandel und bei den Verlagen hängen blieb, fiel ihnen die Entscheidung entsprechend leicht. Sollten doch andere ihr Glück versuchen, oder die Verlage die Bücher gleich von Computern schreiben lassen, wie es dank künstlicher Intelligenz heutzutage bereits möglich war. Schade nur, dass Nodus und Fässler seither viel seltener Anlass hatten, sich auszutauschen. So kam es vor, dass sie sich zwischen den anatomischen Jahrestagungen manchmal gar nicht sprachen. Entsprechend freute sich Nodus, seinen alten Mitstreiter an der Strippe zu haben.

„Ich wollte einfach mal wieder reinhören, was die Sektionskunst am Fuße der Alpen so macht. Bei uns ist wieder ein besonders anspruchsvoller Jahrgang an Studierenden am Start. Stell dir vor, heute hat ein Kommilitone tatsächlich vorgeschlagen, wir Dozenten könnten doch die Leichen so vorbereiten, dass Haut und Unterhautfettgewebe bereits entfernt seien, wenn der Präparierkurs beginnt. So, wie er jetzt organisiert sei, lerne man an den ersten drei Kursnachmittagen eigentlich nichts, da man nur Haut und Fett abpräpariert. Ich meinte dann, dass Leben sei eben kein Ponyhof und wir seien hier nicht bei Wünsch-Dir-Was, sondern bei So-Isses".

Nodus hörte, wie Fässler sich in Rage redete.

„Ich habe den Studenten dann gefragt, ob er bei einem Patienten mit einem Herzinfarkt auch rät: Kommen Sie wieder, wenn Sie was an der Lunge haben, Herzinfarkt hatten wir gestern schon? Das sind die jungen Standesvertreter, die denken, Uni-Kliniken wurden nur dafür gebaut, damit sie eine spannende Facharztausbildung genießen können".

Nodus kannte diese Spezies von Studierenden, die aber zum Glück in der Minderzahl war.

„Ich hatte ein ähnliches Erlebnis in der Vorlesung", berichtete Nodus vom Vortag. „Manchmal denke ich, wir werden zu alt, um uns so ein Gewäsch von Spät-Pubertierenden anzuhören".

„Aber deswegen rufe ich nicht an, Nodus", kam Fässler zur Sache. „Gestern habe ich tatsächlich mal etwas Obskures erlebt, und wie du weißt, passiert bei uns in der Anatomie ja eigentlich nichts Spannendes. Gestern komme ich in die Prosektur und finde vor der Tür ein Bein. Spar dir deine Scherze, dass wir mehr als genug davon im Keller haben sollten. Mir ist es ernst, ein fixiertes und völlig durchpräpariertes Bein. Und du kannst mir glauben, meine Beine kenne ich alle mit Vornamen. Dieses Bein war nicht von uns, zumal es nicht nach Thiel fixiert wurde, wie wir das für die Klinik-Kurse tun".

Nodus unterbrach ihn ungeduldig: „Rechts oder links?"

„Sitzt du im Auto und hast das Navi zu leise gestellt, oder bist du gerade in der Wahlkabine für die nächste Landtagswahl?", entgegnete Fässler sichtlich ungehalten.

„Rechtes oder linkes Bein", präzisierte Nodus schnoddrig.

„Was spielt denn das für eine Rolle? Ich erzähle dir von einem Bein, das sicher nicht über unser Leichenwesen in unser Institut gelangt ist, und du fragst mich nach der Körperseite? Vielleicht bist du wirklich langsam zu alt für den Job!"

Nodus holte nun aus und trug seinen Bein-Fund vor, bei dem es sich um ein linkes Bein handelte.

„Unseres, also eigentlich das Nicht-Unsere ist von der rechten Körperseite. Meinst du, die Beine gehören zusammen?"

„Keine Ahnung, aber an einen Zufall glaube ich hier nicht. Sieht die Präparation bei dem Bein auch nach einem Präparat aus einem Botulinum-Toxin-Kurs aus?", fragte Nodus

„Stimmt, daran haben mich die vielen in die Muskeln injizierten verschiedenen Farben erinnert. Ich dachte erst, der Osterhase hätte einen Kreativkurs gemacht".

„Was machen wir jetzt? Ich habe Ernst Unbehagen noch einmal gebeten, alle Präparate bei uns durchzugehen und muss ihn erst mal fragen, ob er irgendeine Ungereimtheit festgestellt hat. Denke ich aber nicht, sonst wäre Ernst sofort zu mir gekommen, du weißt ja, wie penibel er ist".

Das wusste Fässler allerdings. Unbehagen war schließlich ein Unikat, das weit über die Stadtgrenzen Münchens hinaus bekannt war. Bei der Generalsanierung der Anstalt hatte er die neuen Leichentische und das Lagerungssystem selbst entworfen, und damit sowohl die ausführenden Gewerke, als auch den verantwortlichen Architekten fast um den Verstand gebracht. Aber es hatte sich gelohnt, und seitdem galt die Anatomische Anstalt, zumindest was die Leichenlagerung anging, als Vorzeige-Einrichtung, und wurde gerne besucht, wenn irgendwo eine größere Baumaßnahme in einer Anatomie anstand.

„Gut, das machen wir auch", schloss Fässler.

„Wenn wir beide feststellen, dass die Präparate nicht von unseren Spendern sind, dann rufen wir alle Kollegen in Bayern an, und fragen, ob es bei ihnen auch ähnliche Vorkommnisse gegeben hat", antwortete er.

Damit verabredeten sie sich für den nächsten Tag, Nodus schwang sich auf sein Rad und fuhr nach Hause, da ihn das Grauen des Vortages doch wieder eingeholt hatte, und möglicherweise noch eine ganz andere Dimension annehmen würde.

Aber welcher Mensch verteilt denn Beine an bayerische Anatomien? Jetzt geht die Welt wirklich vor die Hunde, grübelte er vor sich hin.

Sektion 5

Wie schon vorherzusehen war, hatten weder Ernst Unbehagen noch sein Kollege in Regensburg das jeweilige Bein einem ihrer Körperspender zuordnen können. Nodus rief daher bei den Kollegen in Würzburg und Erlangen und sogar dem neuen Kollegen an der frisch eingerichteten Anatomie in Augsburg an und war nun selbst gespannt wie ein Schnitzel, ob es dort auch mehr Beine oder andere Körperteile gab als der Zahl der Körperspender angemessen war. Anders als Fässler bei ihm, wollte er die Gespräche aber ein wenig feinfühliger angehen, was bei dem Thema gar nicht so einfach war, wenn man nicht sofort als reif für die Anstalt entlarvt werden wollte. Und diese Sprüche kannte er ja zur Genüge, war doch die Münchner Anatomie die einzige Anatomische „Anstalt". Selbst Basel bezeichnete seine Anatomie inzwischen als „Institut" und neuerdings eigentlich nicht mal mehr als das, nachdem die Einrichtung im „Department of Biomedicine" aufgegangen und damit endgültig in den Wissenschafts-Olymp aufgestiegen war. Nach einer Stunde war Nodus im Bilde, was in diesem Fall bedeutete, dass er herausfinden konnte, dass in Würzburg und Erlangen jeweils ein Arm vom Schulterblatt abwärts und in Augsburg ein Rumpf ohne Arme und Beine auf die gleiche verstörend einfache Art „entsorgt" worden war wie bei ihnen. Nur der Kopf blieb verschollen, zumindest war er nicht an einer der bayerischen Universitäten deponiert worden.

Nodus bezweifelte, dass es Sinn machen würde, weitere Anatomien anzurufen, da der Kopf für die Identifikation der Leiche viel zu hilfreich gewesen wäre. Hier könnte man nicht zuletzt am Zahnstatus und an Gebissveränderungen durch Röntgenaufnahmen von Zahnärzten wichtige Hinweise auf die Identität des Opfers erhalten. Großartig! Das Einzige, was er und seine Kollegen relativ schnell feststellen konnten, war, dass die Leichenteile von einem erwachsenen Mann stammten. Soviel hatte in Augsburg die Form des Beckenknochens mit seinen spitzwinklig zulaufenden Schambeinästen und an den übrigen Standorten der Verschluss der Wachstumsfugen an den Arm- und Beinknochen sofort preisgegeben.

Nodus rief nun bei der Polizeiwache München an, um zu melden, dass die Anatomien in Bayern, zumindest wenn sie zusammenlegten, einen Toten ohne Kopf anzubieten hätten, der nicht zu ihren Instituten gehörte. Da der Körper konserviert war, konnte er Eberhartinger, dem Wachtmeister im Dienst, auch keine Angaben machen, wie lange der Körper wohl schon tot war. Nodus hatte noch nicht fertig berichtet, als ein prustendes Lachen auf der anderen Seite der Leitung ertönte. Es dauerte gefühlte Minuten, bis Wachtmeister Eberhartinger sich soweit gefangen hatte, um den Inhalt der Anzeige vor seinen versammelten Kollegen der Polizeiwache zusammenzufassen:

„Also, ich halte mal fest: Bei Ihnen, Professor Nodus aus der Anatomischen Anstalt, ist ein anonymes Bein abgegeben worden, und wie der Zufall so spielt, haben Ihre anderen Kollegen aus Bayern auch noch die passenden übrigen Bauteile für einen Körper bekommen, allerdings außer dem Kopf, der Birn mit Hirn quasi, denn die ist wohl irgendwo unterwegs verschütt gegangen... Sie können allerdings nicht sagen, wie lange der Tote, ich nehme an, es handelt sich um einen Toten, schon verblichen und zerstückelt ist, weil er schön konserviert ist wie ein Schinkenbein. Habe ich das in etwa so richtig dargestellt?"

„Ja mei", erwiderte Nodus. „Im Großen und Ganzen schon, allerdings muss man hinzufügen, dass alle Körperteile fachmännisch seziert worden sind."

„Ah", gab der Wachmeister zurück. „Sie meinen wie von einem Fachmann, z. B. einem Anatomen, ausgeführt?"

„Genau, so ist es", bestätigte Nodus.

„Und Sie fragen mich jetzt, ob es in den letzten zehn Jahren oder so vielleicht die Anzeige eines vermissten erwachsenen Mannes gegeben haben könnte, der entweder gänzlich verschwunden geblieben, oder von dem nur ein Kopf aufgetaucht ist"?

In Nodus flammte ein Funken Hoffnung auf, dass das Gespräch doch noch eine sinnvolle Wendung nehmen könnte. Diese Hoffnung wurde aber im Keim erstickt.

„Also, mein lieber Herr Professor, mit meiner fast 40-jährigen Berufserfahrung denke ich, Sie und Ihre Kollegen haben vielleicht etwas zu tief in den Formalin-Tank geschaut oder zu viel Alkohol aus der Konservierungslösung geschnüffelt. Bitte melden Sie sich, falls in der nächsten Zeit noch mehr Körper von Menschen oder Tieren wie vielleicht weißen Mäusen bei Ihnen auftauchen. Oder überprüfen Sie erstmal Ihre Leichenbücher, wenn Sie wieder nüchtern und bei klarem Verstand sind. Habe die Ehre!"

Damit war die Leitung tot. Eberhartinger hatte einfach aufgelegt.

„So ein Saubeutel!", entfuhr es Nodus, der sich fühlte wie zuletzt im Kommunionsunterricht vor über fünfzig Jahren.

*

Mit etwas Abstand konnte Nodus den Wachtmeister ja verstehen. Eine Leiche, noch dazu konserviert und präpariert wie von Anatomen, war natürlich auf den ersten Blick kein Hinweis für ein Verbrechen, sondern eher eine Körperspende, die im Anatomischen Institut nicht richtig zugeordnet worden war. Wenn es sich um eine Gliedmaße oder mehrere in ein und demselben Institut handeln würde, könnte Nodus dieser Interpretation ja auch noch zustimmen. So allerdings war der Vorgang schon höchst eigenartig, auch wenn streng genommen nicht klar war, ob die Körperteile wirklich zu ein und derselben Person gehörten. Nodus und seine Kollegen hatten aber vereinbart, Fotos der Extremitäten und des Rumpfes anzufertigen und auszutauschen. Wenn aber erst einmal Haut und Fettgewebe entfernt worden waren, sahen sich Körper verblüffend ähnlich, da markante Hautmerkmale, Behaarungsmuster und Fettverteilung nicht mehr erkenntlich waren. Besonders wenn der Kopf fehlte wie in ihrem Fall, musste man also die Größe der einzelnen Abschnitte und die Stärke der Muskulatur heranziehen, um zu einer guten Einschätzung zu kommen. Trotzdem zweifelte Nodus keine Sekunde daran, dass es sich hier um die Teile von ein und derselben Leiche handeln musste.

IV
LABOR

In den Bergen von Sarajevo

„Kommt, ich zeige euch die Patienten, damit ihr auch einen Eindruck habt, und sie euren Kunden entsprechend anbieten könnt", fuhr ihr Gastgeber fort.

Der Arzt führte sie zunächst durch ein Gewirr von Fluren, von denen einer so schlicht und kahl war wie der nächste, bis sie zu einem Treppenhaus in das Kellergeschoss kamen. Und hier musste er feststellen, dass der Aphorismus „Schlimmer geht immer" anscheinend tatsächlich in jeder Lebenssituation zu gelten schien. Waren die Flure im Erdgeschoss alt und bis zu einem Grad heruntergekommen gewesen, wie man es in Deutschland nirgendwo mehr in einer sanitären Einrichtung sehen würde, da sie längst vom Aufsichtsamt geschlossen worden wäre, dann sah das Kellergeschoss eher so aus, als hätte man es beim Bau des Krankenhauses oder der Kaserne, als die das Gebäude wohl eigentlich errichtet worden war, einfach nicht fertig gestellt. Die Kellerdecken waren unverkleidet, sodass tropfende Rohre und Kabelstränge des Erdgeschosses sichtbar waren. Die Luft war feucht und roch nach Schimmel. In unregelmäßigen Abständen erleuchteten Glühbirnen in nackten Fassungen den Gang. Es war einfach trostlos. Baulich vergleichbar zur Patientenstation war allenfalls die Anordnung der Zimmertüren, die in regelmäßigen Abständen vom Gang nach beiden Seiten abgingen. Allerdings waren alle mit schweren Stahltüren und Sicherheitsschlössern versehen. Als ob die triste Architektur auch seine beiden Begleiter habe verstummen lassen, hatte bisher keiner ein Wort verloren, bis ihr Gastgeber vor einer der Türen stehen blieb und sich umwandte.

„Herein, aber bitte nicht erschrecken, wir haben die Kalorienzufuhr schon etwas gedrosselt, damit bei den Kursen nicht immer das lästige Fett im Weg ist. War eine Anordnung von Mr. Gordon persönlich."

Er schloss die Tür auf und sie traten ein. Sehen konnte er aber erstmal nichts, da der Raum hinter der Tür offensichtlich nicht erleuchtet war. Dafür war der Gestank, der ihm entgegenschlug, unerträglich: Wie ein Schlag ins Gesicht. Ein wildes Gemisch von Ausdünstungen wie Schweiß und Exkrementen. Der Raum war nicht sonderlich groß, vielleicht zwanzig Quadratmeter, schätzte er, und mit den acht Betten, die er beherbergte, nahezu komplett vollgestellt. Die einzige Lichtquelle war das Dämmerlicht, das aus einem Lichtschacht zu kommen schien. Sobald sich die Augen an die Dunkelheit gewöhnt hatten, konnte er Konturen auf den Betten erkennen, die durch Bettdecken kaschiert wurden, aber dennoch sofort erahnen ließen, dass die Personen, zumindest wenn es sich um erwachsene Menschen handeln sollte, ausgemergelt sein mussten. Nur in manchen Betten regten sich Arme oder Beine, die unter den Decken herauslugten. Neben allen Betten standen Infusionsständer, von denen Schläuche zu den am Bettgestell fixierten Armen der Bettlägerigen führten.

Insgesamt war es aber ziemlich still. Nur aus einem Bett war ein kontinuierliches Wimmern und Stöhnen zu vernehmen, wie man es sonst nur von Patienten auf Palliativstationen oder anderen Orten kannte, wo der Übergang vom Leben in den Tod ein für alle Beteiligten kräftezehrender, zermürbender Prozess und der Tod letztlich eine Erlösung von den irdischen Qualen war.

„Voilà, hier unser A-Team. Die Olympia-Qualifizierung haben sie zwar knapp verpasst, aber ansonsten ist der Trainingszustand gut, wenn ihr euch überzeugen wollt?"

Der Arzt schlug die Decken von zwei Betten zurück. Er konnte ein Aufstöhnen nicht vermeiden. Der Begriff Kachexie umfasste ja das ganze Spektrum der Auszehrung, aber einen solchen Zustand kannte er nur von Bildern aus den Konzentrationslagern des zweiten Weltkriegs. Schlagartig fiel ihm ein, dass er schon immer den Eindruck hatte, dass die Körper, die für die Mediziner-Kurse vermittelt wurden, sehr dünn waren. Als er einmal nachgefragt hatte, war ihm per E-Mail mitgeteilt worden, dass dieser Zustand auf die Methode zurückzuführen sei, mit der die Körper konserviert wurden. Der Zusatz der Chemikalie Phenoxyethanol, welche das Körperfett verflüssigt, würde so nach dem Tod diesen Zustand herbeiführen. Dies sei beabsichtigt und für die Kurse vorteilhaft, da man dann leichter an die Gelenke und Muskeln gelangen könnte. Jetzt sah es aber so aus, als wäre der Zustand schon vor dem Tode herbeigeführt worden, was den Schluss nahelegte, dass möglicherweise auch die Körper für die Kurse, die er selbst organisierte, nicht aus den USA, sondern vielleicht aus dieser Schreckenseinrichtung stammten. Er sagte keinen Ton.

„Ja, wir haben die Ernährung eingestellt, da sie auf Dauer die Venen zu sehr reizt. Wir geben jetzt jeden Tag zwei Liter Flüssigkeit mit ein bisschen Vitamin C und Karotin, damit die Haut nicht so ausbleicht. Sonne gibt es ja eher wenig hier unten", erläuterte der Arzt.

Vitamin C, wie zynisch, dachte er, das hatten Ärzte und Anatomen im Zweiten Weltkrieg den Totgeweihten in Konzentrationslagern und Strafanstalten im Rahmen von Forschungsstudien auch verabreicht, um zu untersuchen, wie es sich im Körper verteilen und gegen chemische Attacken mit Senfgas schützen würde. Tat es natürlich nicht, wie die Opfer leidvoll erfahren mussten.

„Wie viele habt ihr von dieser Kategorie?", fragte der Fahrer aus Sarajevo nüchtern, als ob es sich um Güteklassen an der Geflügel-Frischetheke handeln würde.

„Knapp zweihundert, die kurz vor dem Exitus sind. Dann nochmal knapp dreihundertfünfzig im Krankenhaus oben, die aber noch nicht so weit in der Therapie sind und zum Teil leider auch noch Angehörige haben, die sich zumindest ab und zu mal melden". Daraufhin gingen bei ihm die Lichter aus. Zumindest wurde es plötzlich vollständig dunkel.

Sektion 6

Da der Einbein-Fund Nodus keine Ruhe mehr ließ, beschloss er kurzerhand als Nächstes, seine Kollegen aus der Neurologie anzurufen. Schließlich waren es hauptsächlich die Nervenfachärzte, die ihren Patienten Botulinum-Toxin verabreichten, um krampfartige Muskelverspannungen zu durchbrechen. Die Pharmafirmen, die das Gift in ihrem Angebot hatten, waren auch im Wesentlichen die Anbieter der entsprechenden Trainingskurse. Also rief er seine Kollegin Frau Professor Rettich an, um sie um Rat zu fragen. Rettich kannte Nodus schon seit ihrem gemeinsamen Studium in Würzburg. Sie hatten sich im dritten Fachsemester „an der Leiche" kennengelernt, wie man im Medizinerjargon so gern sagte. Er konnte sich noch gut erinnern, wie es war, als eine Gruppe von zehn Studierenden, die sich meist zuvor nur vom Sehen aus den anderen Semestern kannten, mit angespannten Mienen um einen mit einer dicken und steifen Folie abgedeckten Körper herumzustehen. Keiner hatte genau gewusst, wie er oder sie auf den Anblick des Toten reagieren würde, dessen Körperkonturen unter dem Abdecktuch gut auszumachen waren. Ihr damaliger Tischdozent war ein junger, schmächtiger Typ mit wirr abstehendem Haarkranz um die polierte Glatze und einem Schnauzer, der zu dieser Zeit vielleicht unheimlich en vogue, aber doch zur Gesamterscheinung unpassend war. Von seiner Erscheinung her war der Dozent damit so ziemlich das Gegenteil von Nodus, der sich mit seinem stämmigen Körper im Format einer Schrankwand und der das Gesicht umwallenden schwarzen Haarpracht plötzlich in den Akademikerkreisen deplatziert fühlte.

Der Dozent hatte dann das Tuch mit einem Ruck abgezogen, was von einem tiefen Luftschnappen der Umstehenden begleitet worden war. Es war dann aber doch nicht so schlimm wie befürchtet, da man schnell feststellte, dass es allen um den Tisch genauso erging wie einem selbst, weil der Anblick eines Toten, den man in den nächsten Stunden aufschneiden und präparieren sollte, für niemanden einen alltäglichen Umstand bedeutete. Rettich war Nodus gleich aufgefallen, da sie eine typische Streberin gewesen war, wie sie im Buche stand, und auf jede Frage des Dozenten die passenden Antworten herunterrattern konnte, wie zum Beispiel die sicheren Todeszeichen. Das hatte Nodus so beeindruckt, dass er inzwischen auch in jeder ersten Präparierkurs-Stunde eines Jahrgangs mit diesem Exkurs in die Rechtsmedizin begann, um das Eis zu brechen, und die Gruppe zu einer ersten zaghaften Konversation mit ihm und untereinander zu motivieren. In Rettich hatte er sich nicht getäuscht. Sie war Stipendiatin der Studien-Stiftung des Deutschen Volkes gewesen, und das zu Recht. Sie wusste nicht nur viel, sondern war einfach auch schlau und gewitzt und vermochte mit ihren provokativen Fragen sogar den Tischdozenten das ein oder andere Mal an die Grenzen seines Anatomie-Wissens zu bringen. Es hatte sich dann ergeben, dass Nodus, Rettich und noch ein paar andere von ihrem Tisch eine Lerngruppe gebildet hatten, mit der sie vor jedem der gefürchteten Anatomie-Testate das Stoffgebiet wiederholten und sich gegenseitig abfragten. Nach dem Studium, als Rettich nach München in die Neurologie gewechselt war, Nodus dagegen in Regensburg eine Stelle in der Anatomie angetreten hatte, verloren sich ihre Kontakte jedoch allmählich. Zumindest bis Nodus dann an die Anatomische Anstalt berufen worden war, und sie den Kontakt wieder auffrischten.

„Mein lieber Nodus, alter Leichenfledderer! Schön, dass du dich mal wieder bei deiner alten Weggefährtin meldest. Dachte gar nicht, dass du noch in Amt und Würden bist".

Nodus fragte sich schon, ob er ein Déjà-vu habe oder gar aus Versehen Fässler zurückgerufen hatte. Andererseits kannte er den Humor der Nervenärztin nur zu gut, fragte sich aber jedes Mal aufs Neue, wie diese eigentlich mit ihren Patienten umging, da man nicht annehmen konnte, dass Feinfühligkeit und Einfühlungsvermögen zu Rettichs größten Stärken zählten. Vielleicht nahm Rettich aber auch einfach eine gediegene Dosis euphorisierender Substanzen zu sich, um das Leben in der Neurologie zu überstehen.

Nachdem er sich gefasst hatte, brachte er in Kurzform sein Anliegen vor.

„Natürlich gibt es bei uns immer mal wieder Botulinum-Kurse, die von der Pharmaindustrie gesponsert und auch organisiert werden, sodass wir uns um nichts kümmern brauchen. Und da ihr Anatomen immer so viele Auflagen und Regelungen ins Spiel bringt, haben wir euch in den letzten Jahren gar nicht mehr gefragt, ob wir die Kurse bei euch abhalten können. Bei euch gibt es die Körper ja zu Fortbildungszwecken nur an einem Stück, während wir einfach gerne mal Einzelteile hätten. Außerdem besteht ihr darauf, dass alle Kurse bei euch im Institut stattfinden müssen, weil ihr nicht wollt, dass irgendjemand mit den Leichenteilen im Kofferraum durch die Gegend gondelt. Und zu guter Letzt scheitern die Kurse daran, dass ihr nie genug Leichen zur Verfügung habt", resümierte sie.

Nodus war baff, obwohl er sich das Ausbleiben einiger Kurse, besonders der Orthopäden, schon länger mit ihrer Knappheit an Körpern erklärt hatte. Also, eigentlich hatten sie ausreichend Körper, um Medizinstudierende auszubilden, was natürlich immer Vorrang hatte. Um dann aber jeden internationalen Kongress irgendwelcher Klinikärzte zu bedienen, die ihre Planung meist Jahre im Voraus machen, um auch sicher den weltweit führenden Operationsspezialisten nach München einfliegen zu können, dafür reichte es dann tatsächlich oft nicht. Und Rettich hatte Recht, von ihren Prinzipien wichen sie nicht ab, nur um einem Kollegen oder einer Kollegin einen Gefallen zu tun. Trotzdem war

Nodus schockiert von der Selbstverständlichkeit, mit der Rettich ihre Handhabung beschrieb.

„Du weißt aber schon, dass das Handel mit Leichenteilen ist, was die Firma da macht", erwiderte Nodus.

„Komm schon, Nodus, du weißt doch selbst, dass das in Deutschland nicht illegal ist".

„Strafbar nicht, aber ethisch und moralisch nicht vertretbar, weil nicht sicher ist, dass der Körperspender überhaupt ein Spender sein wollte, und wenn, ob er gewusst hat, dass er in kleinsten Einzelteilen in der ganzen Welt verschifft und dann meist irgendwo entsorgt wird. Wir Anatomen sind da sehr streng dagegen und wehren uns gegen diese Praxis".

„Dann wehrt euch mal! Fakt ist jedenfalls, dass das ein Riesenmarkt ist, und das alles hinter eurem breiten Akademiker-Rücken abläuft, weil ihr euch hinter euren veralteten Moralvorstellungen versteckt. Nodus, du weißt, dass ich dich sehr schätze. Aber bei euch Anatomen in der Anstalt frage ich mich schon, wie naiv man eigentlich sein kann, oder ob ihr einfach in der Zeit eurer Vorgänger in den letzten Jahrhunderten stehen geblieben seid, die trotz Ermangelung eigener größerer Verdienste in der Allmachts-Phantasie lebten, die Sonne würde jeden Morgen aus ihrem Arsch hervorscheinen, nur weil sie großzügig die Spannung ihres Schließmuskels ein wenig lockerten".

Nodus wusste natürlich, dass Rettich abgesehen von ihrer inakzeptabler Formulierung in diesem Punkt Recht hatte und die Weiterbildungskurse medizinisch absolut sinnvoll waren. Auch traf zu, dass die Anatomen in der Zeit, in der sie noch maßgeblich den Fortschritt in der Medizin vorantrieben, und eben auch noch über fünfzig Jahre danach so sehr von sich eingenommen gewesen waren, wie es heute nicht einmal mehr bei den operierenden Vertretern der Medizinerzunft üblich war.

„Gut, Rettich, ich habe deinen Punkt verstanden, aber kannst du mir vielleicht verraten, mit welcher Firma ihr da immer zusammenarbeitet?"

„Klar, Nodus, dir doch immer. Der Marktführer scheint jetzt ‚HSPW' aus den USA zu sein, die inzwischen Zweigstellen in der ganzen Welt haben. Die Abkürzung steht für ‚Human spare parts warehouse'. Für so etwas brauchst du nicht mal im Darknet zu suchen, sondern findest sie über eine einfache Suchmaschine im Internet. Allerdings geben sie hier keine Angebote ab, sondern vermitteln Präparate und Kurse nur nach persönlichen Kontakten, da sie natürlich auch sicher gehen wollen, nur mit ‚seriösen' Medizinern oder Firmen zu tun zu haben. Wir für unseren Teil müssen uns einfach darauf verlassen, dass alle Gesetze und ethischen Normen eingehalten werden, da dies für das Geschäftsmodell der Firmen unabdingbar sein sollte!"

„Du meinst ‚Spare parts warehouse' wie beim Ersatzteillager?", fragte Nodus verblüfft, da es in seinen Augen schon recht dreist war, die ethisch nicht ganz unproblematische Geschäftsidee so unverblümt im Firmennamen nach außen zu tragen.

„Ja, ganz schön gewieft", stimmte Rettich bei.

Nach ein paar weiteren gegenseitigen Beteuerungen, dass sie eigentlich mal wieder eine Kooperation auf die Beine stellen sollten wie damals, als sie beide noch jung und dynamisch waren, beendeten sie das Gespräch.

Sektion 7

„Das schlägt doch dem Fass die Krone ins Gesicht!" Nodus war außer sich und wusste für einen Moment nicht, ob er sich über die Dreistigkeit eines Unternehmens, in aller Öffentlichkeit Leichenteile zu verscherbeln wie andere Wurstwaren, mehr echauffierte als über die offensichtliche Tatsache, dass er der einzige Mensch sein sollte, der davon bisher keinen Wind bekommen hatte. Und das, obwohl es sich doch quasi um sein Metier handelte. Die Unternehmen gaben doch tatsächlich an, lediglich den medizinischen Bedarf für anatomische Studien decken zu wollen und damit im Dienste der Wissenschaft tätig zu sein, während sie Anatomen dazu nicht in der Lage zu sein schienen. Das musste er Unbehagen fragen.

Vorher brauchte er aber erst mal eins: Grieß-Klößchen.

So wie andere von Alkohol, Zigaretten, harten Drogen oder anderen Psychostimulanzien abhängig waren, hatte auch Nodus eine Sucht entwickelt, bei der sogar er sich inzwischen eingestand, dass es sich um eine handfeste Abhängigkeit handelte. Er lutschte Grieß-Klößchen wie man sonst Kaubonbons zu sich nahm. Er wusste nicht mehr, wann er mit dieser eigenartigen Angewohnheit begonnen hatte. Es war irgendwann während seiner Assistentenzeit gewesen. Anfangs hatte er beim Kochen einer dieser Päckchensuppen den ein oder anderen Grieß-Knödel genascht, wäre aber nie auf den Gedanken gekommen, mal ein ganzes Päckchen zu verschlingen, wohlgemerkt, ohne die Knödel vorher zu kochen. Zunächst war er überrascht, dass die Knödel ihm so gut schmeckten wie vor langer Zeit die selbstgemachten Knödel seiner Großmutter aus Kempten. Die waren in einer Rinderbrühe auch sehr lecker, aber er wäre nie auf den Gedanken gekommen, die Nockerl pur zu verspeisen. Aber dann war er allmählich dazu übergegangen, zu einem gemütlichen Gläschen Wein ab und zu und später regelmäßig eine Packung zu öffnen und alle Knödel an einem Abend zu verspeisen. Maggi und Knorr hatten in Bayern und Österreich neben der Standard-Suppe, bei der die Grieß-Nockerl alle einheitlich auf nahezu Erbsengröße normiert und geschmacklich nur ein fader Abklatsch waren, noch eine Spezialvariante im Angebot. Diese hieß dann „Festtagsteller" oder „Gourmet-Suppe" oder so ähnlich, und enthielt Knödel von einer Größe und Vielfalt, wie Nodus sie von vergrößerten Lymphknoten aus dem Präpariersaal kannte und schätzte. Und sie schmeckten nach einer Mischung aus Grieß, Suppenkräutern und einer deftigen, aber nicht zu penetranten Würzmischung, die einfach nur lecker war. Wer einmal diese „echten" Grieß-Klößchen gekostet hatte und dann wieder mit der Sparvariante konfrontiert wurde, konnte nachvollziehen, wie es für einen Heroin-Junkie sein musste, mit Methadon vorlieb nehmen zu müssen. Es reichte, um die Sucht zu unterdrücken, aber einen Kick verspürte man nicht. Seit dieser Erfahrung hortete Nodus an verschiedenen Orten zu Hause, in der Anstalt, und in seinem Mini-Bus einen Vorrat der Schlemmer-Variante. Die Verkäufer in den ausgesuchten Lebensmittelgeschäften, die diese Variante führten, staunten nicht schlecht, wenn Nodus den gesamten Regalbestand auf einmal aufkaufte. Meist fuhr er dafür auch zu einem Großmarkt nach Sendling, da man dort gewohnt war, dass die Kunden größere Mengen einkauften. Auch wenn sie sich fragen dürften, was Nodus damit vorhätte, da wohl kaum ein Restaurant eine Päckchen-Suppe auf der Speisekarte haben dürfte. Vielleicht dachten sie auch, Nodus würde eine Kinderfreizeit veranstalten und bräuchte für das Zeltlager noch eine Ergänzung für die Speisekarte. Letztlich war es Nodus aber auch egal, was man über ihn dachte. Hauptsache, er hatte seine Grieß-Knödel und konnte diese bei jeder Tag- und Nachtzeit, wenn ihm danach war, genüsslich lutschen. Und das tat er jetzt und gönnte sich für eine halbe Stunde eine

Auszeit. Solange dauerte es, wenn er die Knödel einer Packung in Ruhe lutschen wollte, ohne sie mit den Zähnen zu zerbeißen.

*

„Ernst", rief er, nachdem er später den Kopf durch die Türe zur Prosektur gestreckt hatte,
„Wo ist er?"
„Cheef, immer zu Diensten, wenn Ihre akademische Exzellenz vom Gedanken beseelt werden, sich höchstpersönlich in die profanen Gemäuer unseres Leichenwesens zu begeben, um die Gelegenheit zu gewähren, uns an seiner Präsenz zu laben".

Es waren Momente wie dieser, in denen sich Nodus Gedanken machte, ob eine Exposition mit Formalin über längere Zeiträume nicht doch zu strukturellen und funktionellen Veränderungen in den Schichten unter der Hirnhaut führen könnte. Da es aber keine Hinweise dafür aus den Biographien anderer Anatomen oder anatomischer Präparatoren gab, und sie wohl alle ein wenig seltsam waren, würde er dies weder im speziellen Falle von Unbehagen noch im Allgemeinen je erfahren.

„Unbehagen, haben Sie schon mal von Human Body spare parts gehört?", fragte er.

„Nee, Cheef, Body shop kenne ich, da geht meine Frau öfter hin, und holt Rosenblütenbad für unseren sonntäglichen Erholungs-Brunch", antwortete Unbehagen.

Nodus war sich nicht sicher, ob das nicht mehr Informationen aus dem Privatleben seines treuen Assistenten waren, als er haben wollte.

„Cheef, frag doch mal den Gugel, der weiß sowas".

Da Nodus nicht den Eindruck hatte, dass in dieser Situation eine weitere Nachfrage zur Aufklärung beitragen würde, von welcher Person Ernst gerade sprach, beließ er es dabei. Aber die Idee war natürlich gut. Also begab er sich wieder in sein Dachkabuff und befragte das Internet. Gleich ganz oben in der Suchliste unter der Suchanfrage „Menschliche Teile kaufen" erschien tatsächlich eine Firma namens Body parts Inc. mit Sitz in Iowa, USA, die sogar über einen eigenen Eintrag bei Wikipedia verfügte. Hier konnte man erfahren, dass das Unternehmen im Jahr 1995 von einem Andrew McVesal gegründet worden war und seit 2015 sogar eine Deutschland-Dependance in München unterhielt. Der Name des Gründers war natürlich schon der Hohn schlechthin, handelte es sich doch um eine plumpe Verballhornung des Namens von Andreas von Wesel, besser bekannt als Andreas Vesalius, dem großen Begründer der modernen Anatomie. Nodus konnte den Eintrag und damit auch die Existenz dieses Unternehmens nur für einen schlechten Halloween-Scherz halten. Trotzdem folgte er dem Link zur Münchner Zweigstelle. Und tatsächlich gab es unter einer Adresse im Münchner Osten nahe dem alten Messegelände einen Firmensitz, der mit Webseite und Telefonnummer auffindbar war. Der Slogan „Wir haben für jede Veranstaltung die passenden Teile" jagte Nodus allerdings einen Schauer über den Rücken, der ihm alle Haare bis zu den Dornfortsätzen der Halswirbelsäule aufrichtete. Obwohl er nicht wusste, was er sich von einem Anruf erwarten sollte, versuchte er es umgehend. Sofort schaltete sich ein Anrufbeantworter ein.

„Hier spricht Stefan Calcar von Body parts Inc. Wir freuen uns über Ihr Interesse. Leider rufen Sie außerhalb unserer Geschäftszeiten an. Diese sind von Montag bis Donnerstag, 10 bis 17 Uhr. Bitte versuchen Sie es ein anderes Mal".

„Zifix", entfuhr es Nodus, „ist es schon wieder so spät geworden?" Aber ein Blick auf seine Armbanduhr gab preis, dass es erst 15.27 Uhr war. „Eigenartig das", nuschelte Nodus, und beschloss, es später noch einmal zu versuchen.

Sektion 8

Da von 16 bis 18 Uhr mal wieder ein Präparierkurs auf dem Programm stand, beschäftige er sich zunächst nicht weiter mit der obskuren Firma. Außerdem wollte er bis zum Kursbeginn noch für alle Studierenden eine Abbildung von einem Herzen aus einem alten Atlas kopieren, da die modernen Atlanten mit diesem nicht ganz unwichtigen Organ und seiner dreidimensionalen Gestalt allesamt überfordert zu sein schienen. Jedenfalls gab es kein Bild, das seinen Ansprüchen genügte und er holte ein altes, muffiges Buch aus seinem persönlichen Archiv. Das war mal wieder ein Kurstag nach seinem Geschmack. Die Eröffnung der Brusthöhle war in jedem Jahr wieder ein ehrfürchtiger Moment, bei dem alle Studierenden seiner beiden Tische mit offenen Mündern um ihn herumstanden wie auf dem berühmten Rembrandt-Bild von der Anatomiesitzung des Doktor Tulp, die als wandgroße Replik auch den Treppenaufgang der Anstalt zierte. Er nahm dazu üblicherweise die große Präparationsschere zur Zerteilung von Rippen und Brustbein zur Hand, die Unbehagen stets flapsig die Geflügelschere nannte. Zugegeben, der Vergleich kam nicht von ungefähr, auch wenn das Werkzeug in seinen Händen bestimmt das Zehnfache gekostet hatte, schon alleine, um diese Assoziation erst gar nicht aufkommen zu lassen. Wie meist ging die Durchtrennung der Knochen recht schnell von der Hand, was weder Nodus jahrzehntelanger Übung noch der Qualität seines Schneideinstruments geschuldet war als vielmehr dem Umstand, dass der nicht mehr ganz junge Körperspender eine fortgeschrittene Osteoporose aufwies und die Knochen daher ziemlich morsch waren. Er nahm den Rippenschild ab, der mit seinem zentral gelegenen Brustbein und den daran befestigten Rippen ein wenig an eine große Spinne erinnerte oder an diese eigentümliche Larve aus der „Alien"- Saga.

Jetzt war das Erstaunen der Umstehenden groß, denn man sah zunächst... nichts. Weder Herz noch Lungen, obwohl Nodus am Vormittag in der Vorlesung noch behauptet hatte, die Brusthöhle gliedere sich in zwei Lungenhöhlen und dazwischen das Mittelfeld, das im Wesentlichen vom Herz eingenommen wurde. In diesem Fall hatte sich aber das Rippenfell von der Innenseite der Rippen gelöst – wie im Biergarten, kam es Nodus unweigerlich in den Sinn –, sodass die Pleurahöhlen zunächst geschlossen und die Lungen in diesen verborgen blieben. Da im vorderen Mittelfell, oder Mediastinum, wie die Anatomen sagten, eine nicht unerhebliche Menge Fett eingelagert war, war auch der Herzbeutel, der das Herz umhüllte, zunächst nicht sichtbar. Nodus schnitt nun das Rippenfell ein und mobilisierte die Lungen von allen Seiten mit seiner Hand, wobei er sich wie so oft an den scharfkantigen Rippenenden den Handschuh zerriss. Darauf wurde er sofort von seinen Studierenden hingewiesen, die einen Gesichtsausdruck zur Schau trugen, der eine Mischung aus Mitleid und Ekel in Einklang zu bringen suchte.

„Halb so wild, und besser in der Rückfettung als jede Beauty-Creme, die man sich in München auf die Krähen-Füßchen pinselt", versuchte er die Stimmung ein wenig aufzulockern, was ihm aber nur ein kollektives Aufstöhnen, gepaart mit Würgegeräuschen, einbrachte. Bald war die Aufmerksamkeit aber wieder ungebrochen, als er mit einem kurzen Schnitt den Lungenstiel auf beiden Seiten durchtrennte und nacheinander die rechte und die linke Lunge aus der knöchernen Höhle des Brustkorbs hob. Da die Lungen bei der Konservierung auch durch das Formalin stabilisiert worden waren, fielen sie dabei nicht in sich zusammen, sondern bildeten einen annähernd pyramidenförmigen Kegel, der rechts in drei, und links in zwei Unterabschnitte gegliedert war, die trefflich als Lappen bezeichnet werden. Er ließ die Lungen unter den Studierenden kreisen und konnte miterleben, dass sich in Momenten wie diesem alle Anwesenden wieder bewusst wurden, warum sie das Studium ergriffen hatten und welches Privileg sie gerade hier genossen.

„Bevor wir den Herzbeutel freilegen können, müssen wir erst beidseits die Arteria thoracica interna darstellen. Die wollen wir nicht beschädigen, da man sie bei Patienten später immer noch für einen Herz-Bypass gebrauchen kann".

Die Studenten waren wie des Öfteren mal wieder unschlüssig, ob es sich um einen weiteren zynischen Scherz des Professors handelte, oder ob dieser im Eifer der Präparation wirklich vergessen haben sollte, dass für diesen Patienten eine koronare Herzkrankheit und ein drohender Herzinfarkt keine ernsthafte Schicksalswendung mehr darstellten.

„So, und jetzt müssen wir noch den Phrenicus-Nerv sichern, damit unser Patient nach der Operation nicht unter Erstickungsanfällen leidet". Das machte zumindest bei Lebenden Sinn, da der Phrenicus das Zwerchfell innervierte, den wichtigsten Atemmuskel, ohne den das Überleben unmöglich war.

Mit wenigen Schnitten isolierte er beidseits den Nerv aus dem Fettgewebe unter dem Rippenfell.

„So, und in der nächsten Stunde nehmen wir das Herz heraus. Bitte sehen Sie sich in Ihren Büchern bis dahin den Bau des Herzens an und nehmen Sie gerne zur besseren räumlichen Vorstellung eine Kopie von dem Stapel am Eingang, die ich für Sie mitgebracht habe."

Im Krankenhaus

Als er die Augen aufschlug, lag er in einem Bett und um ihn herum war es dämmerig. Es dauerte ein paar Minuten, bis er realisierte, dass er nicht an einem Sonntagmorgen in seinem Bett in München aufwachte. Dazu passte auch, dass er an seinem Arm einen stechenden Schmerz verspürte. Hervorgerufen durch eine Nadel in seiner Ellenbeugen-Vene, über die er an eine Infusion angeschlossen war. Jetzt wurde ihm schlagartig heiß und kalt und Schweiß machte sich auf seinem Rücken und unter den Achseln breit. Zuletzt war er in den Bergen von Sarajevo in diesem als Krankenhaus getarnten Menschenlager gewesen, bevor seine Erinnerungen abrupt endeten. Die Patienten, die anscheinend nur bis zum Datum einer Bestellung mit Flüssigkeit notdürftig am Leben gehalten wurden, hatten ebenfalls eine Infusion erhalten. Er mochte gar nicht wissen, was in der Flasche war, und ob die Infusion andeutete, dass er während seiner Ohnmacht die Seiten gewechselt hatte: vom Körper-Sender zum Körper-Spender sozusagen...

„Ah, du bist wach", hörte er aus dem Halbdunkel die Stimme von Dragan. Ich habe mir schon Sorgen gemacht und mich gefragt, ob ich die Rückfahrt ohne dich antreten sollte. Mit einem Bewusstlosen kann ich jedenfalls nicht durch Sarajevo gondeln. Aber jetzt ist ja alles gut und wir können los. Morgen ist dein Rückflug und wir wollen vor Mitternacht zurück in der Stadt sein. War vielleicht doch etwas viel für dich! Mir war von Anfang an nicht ganz klar, was Mr. Gordon sich von dem Besuch hier erhoffte und ob er dich richtig aufgeklärt hatte".

Sektion 9

Nach dem Kurs hängte Nodus seinen Kittel in die Garderobe in der Vorbereitung, wie der Raum gegenüber dem Seziersaal direkt neben dem Hörsaal in der Anstalt genannt wurde. Er wusch sich ausgiebig die Hände, wobei seine Gedanken wieder abdrifteten zu den eigenartigen Vorkommnissen der letzten Tage. Eigentlich war es nur ein Bein, das auf ungeklärte Weise und ebenso ungeklärter Herkunft bei ihnen aufgetaucht war. Weiter war eigentlich nichts passiert. Verstörend war aber, dass die anderen Teile des Körpers, wenn man mal bei der Annahme bleiben wollte, es handele sich um Teile ein und desselben Menschen, bei den anderen bayerischen Anatomien abgegeben worden waren.

Warum nicht alle in München? Oder in Regensburg, Würzburg und Augsburg? Das machte zunächst mal keinen Sinn, wenn es nur darum gegangen wäre, Leichen-Stücke loszuwerden. Dass man zur Entsorgung die Anatomien auswählte, war dagegen schon plausibel. Wie er wusste, war es nämlich gar nicht so einfach, menschliche Körperteile loszuwerden, wenn man in die Situation kam, deren Besitzer oder gar Erbe zu werden. Es sei denn natürlich, man zerstückelte alles bis zur Unkenntlichkeit und entsorgte es in der Mülltonne, vergrub es im eigenen Garten oder versenkte es im Fundament eines Gebäudes. Mit dieser Problematik war er bereits wiederholt konfrontiert worden, als Angehörige von Medizinern ihn mit der Bitte kontaktiert hatten, ihnen einen Schädel abzunehmen, der zu Ausbildungszwecken der Ärzte meist während des Studiums und damit vor dreißig bis fünfzig Jahren irgendwo erstanden worden war. Meist übrigens zusammen mit den entsprechenden Lehrbüchern in den Buchhandlungen, die sich auf medizinische Literatur spezialisiert hatten. Bis in die 70er und 80er Jahre gab es dafür kein Bewusstsein, dass die unklare Herkunft der Knochen nicht nur, je nach Einstellung, unwichtig oder vielleicht sogar unheimlich war, sondern problematisch, da nicht davon ausgegangen werden konnte, dass der Kopf-Träger mit seiner weiteren Karriere als Studienobjekt einverstanden gewesen wäre und dieser in schriftlicher Form zugestimmt hatte. Inzwischen bestand dieser Bedarf nicht mehr, da es Firmen gab, die in verblüffender Detailtreue alle Knochen und auch einen ganzen Schädel als künstliche Plastik-Modelle anboten. Die Qualität der Modelle konnte er an einem Schädel sehr schnell erkennen, wenn sich Nodus einfach ein paar der kleineren der über dreißig Öffnungen im Schädel ansah, durch die feinste Nerven und Arterien ein- oder austraten. Nur die besten Modelle wiesen auch diese Durchtrittsstellen zumindest als Einsenkungen auf, wenn sie auch nicht den komplizierten Verlauf innerhalb der Knochen komplett darstellten. Bei einem Dreißig-Euro-Skelett aus dem Halloween-Markt dagegen musste man schon froh sein, wenn die mehr als flaschenhalsdicke und daher als Foramen magnum bezeichnete Öffnung zu erkennen war, durch die das Rückenmark aus dem Schädel austrat.

Was also tun, wenn man einen echten Schädel geerbt hatte? Bestatten oder in einem Krematorium verbrennen ging nicht ohne Todesbescheinigung und Geburtsurkunde. Bei der Polizei hatte man für einen augenscheinlich alten Schädel, der nicht zu einem Vermissten passen konnte oder mit einem Verbrechen in Verbindung stand, auch keine Verwendung. Da blieb nur die Anatomie, wenn man ihn nicht bei einer online-Börse anbieten wollte, was auch für emotional dickhäutigere Mitmenschen ein Gschmäckle hatte, und nur zu Recht. Daher riefen Sie letztlich alle irgendwann bei Nodus an, der sich natürlich auch nicht gerade freute, weil man als Anatomie sein Bestes gab, die Herkunft aller seiner Präparate möglichst genau zu kennen. Meist nahm er aber die spärlichen Angaben zu Zeitpunkt oder Ort des Erstehens und die Kontaktadresse der Besitzer und dann die Schädel in ihre Lehrsammlung auf. Bei anderen Körperteilen wie zum Beispiel ganzen Extremitäten, also Armen und Beinen, gab es das aber nicht.

Trotzdem glaubte Nodus nicht, dass es bei der Ablieferung in ihrem Innenhof nur darum ging, ein Bein zu entsorgen, da die Firmen ja auch sonst keine Probleme hatten, die menschlichen Präparate wieder loszuwerden. Vor allem wenn zutraf, wie Rettich ihm erläutert hatte, dass ein richtiger Markt existierte, und damit von einer enormen Zahl an Körperteilen auszugehen war, deren Größenordnung Nodus gar nicht abschätzen wollte.

Komisch eigentlich, dass gerade ihm diese Sache so an die Nieren ging, um es mal anatomisch auszudrücken. Meistens war es eher so, dass seine Gesprächspartner schon bei der Erwähnung seines Berufes ein Gruseln überkam, während die Tätigkeit für ihn inzwischen ganz normal war, ja eigentlich sogar der schönste Beruf, den er sich vorstellen konnte. Das konnten aber seine Studierenden nie verstehen, da sie ja alle Medizin studierten, um Leben zu retten und Menschen zu heilen. Das war ja auch gut so. Er glaubte zwar nicht, dass es einen echten Ärztemangel gab, sondern eher ein Verteilungsproblem und ein freiwilliges Überangebot an von den Krankenkassen gut bezahlten Leistungen wie Hüftprothesen und Herzkatheter seitens der Ärzte. Trotzdem brauchte man natürlich hingebungsvolle Hausärzte, die die zeitlich und emotional anspruchsvolle Tätigkeit mit Liebe ausfüllten, und keine Heerscharen von Anatomen. Obwohl man als Anatom ein ebenso erfülltes Berufsleben haben konnte, wenn einem die Ausbildung junger Ärztinnen und Ärzte Freude bereitete, und man obendrein genoss, dass sie nicht krank waren, sondern sich im Gegenteil einer blühenden Jugend erfreuten, was einen auch als Dozenten irgendwie jung hielt.

Nein, hier ging es um eine symbolische Handlung, mit der die Leichenteile verteilt worden waren. Oder gar um die

Information der Anatomien selbst in der Hoffnung, dass es irgendwo einen Anatomen wie Nodus gab, der von seinem Alltagsgeschäft nicht so überwältigt oder zu abgestumpft sein würde, dass er nicht ins Grübeln kam?

*

Nachdem seine Hände inzwischen feuerrot geschrubbt waren, was sie ihm als Schmerzempfindung mitteilten, die inzwischen auch unter seiner Schädeldecke angekommen war, schreckte er aus seinen Gedanken auf. Das wäre ihm früher auch nicht passiert. Wie dem auch sei, das Ergebnis seiner Überlegungen war, dass er sich noch einmal intensiver bemühen musste, mit Body parts Inc. Kontakt aufzunehmen, um die Mitarbeiter mit der Angelegenheit zu konfrontieren.

Sektion 10

Er nahm diesmal den Aufzug zu seinem Büro im dritten Stock, da ihn eine ihm sonst fremde Unruhe antrieb. Kaum nachdem er die Nummer von Body parts Inc. gewählt und sich bereits auf das Einsetzen des Anrufbeantworters eingestellt hatte, wurde auch schon abgenommen.

„Body parts Inc., Stefan Calcar am Apparat", meldete sich eine offene und freundliche Stimme. Der Anatom stutzte.

„Nodus hier, Anatomische Anstalt".

„Zum Glück rufen Sie an!"

Nodus konnte sich nicht erinnern, wann er eine solche Begrüßung zum letzten Mal am Telefon gehört hatte, zumindest von einem Fremden, aber es war sicher vor seiner Zeit in München gewesen. Vor allem bei seinem jetzigen Gesprächspartner hatte er entweder Desinteresse, viel eher aber eine reservierte Haltung erwartet, war doch anzunehmen, dass ein Anatom dem Gewerbe des Leichenteilehandels eher ablehnend gegenüberstehen würde. Daher stammelte er nur überrascht:

„Ja, mei, die Freude ist ganz auf meiner Seite, da ich eine Information von Ihnen bräuchte, zu einem... Vorgang."

Gut, diese Formulierung war weder wortgewandt noch smart, aber die neutralste Umschreibung der Geschehnisse, die ihm gerade einfiel.

„Wir sollten uns treffen, können Sie vorbeikommen?", unterbrach ihn sein Gesprächspartner ungeduldig.

„Ja, da muss ich mal meinen Kalender holen, wann bei uns Unterricht ist...", setzte Nodus an.

„Nein, ich meine jetzt sofort", ergänzte Calcar.

Nodus war nun echt baff.

„Tja, also im Prinzip schon, ist ja sowieso bald Mittag, und der nächste Unterricht ist erst um 16 Uhr".

„Gut, ich hole Sie an der S-Bahn-Haltestelle Riem ab, sagen wir in einer halben Stunde", schloss Calcar und legte auf.

Nodus stand mit dem Hörer in der Hand da und wusste nicht, was er von dem Gespräch halten sollte. Eins war klar, sein Gesprächspartner stand mächtig unter Spannung und schien auf seinen Anruf gewartet, wenn nicht gar gehofft zu haben. Nodus musste sofort los. Darum nahm er wieder kurz das Telefon zur Hand und betätigte die Kurzwahltaste für die Prosektur.

„Cheef, dass du mich anrufst ist ein seltenes Vergnügen. Hast du Sehnsucht, oder schaffen es deine alten Allgäuer Hacken nicht mehr hier herunter."

„Es ist mir ernst", erwiderte Nodus barsch.

„Ich bin auch immer ernst".

Nodus hatte keine Zeit für ein Zwiegespräch zur Klärung, inwieweit der Präparator am heutigen Tag wirklich bei sich war oder vielleicht zwar bei sich, aber dafür komplett neben der Spur.

„Ich fahre kurz zu Body parts nach Riem raus. Bis zum Kurs bin ich zurück!"

„Soso, und ich dachte, du hättest deinen Körper unserer Anstalt vermacht. Haben Sie dir ein Angebot gemacht für deinen massigen Korpus? Du willst wohl einfach mal wieder verhandeln, jetzt wo dich seit zwanzig Jahren keine Uni mehr hat haben wollen oder um dich geworben hat".

„Red kein Blech, Unbehagen, mein Körper gehört dir, zumindest nachdem ich mich aufgemacht haben werde zu neuen Sphären. Ich muss in Riem einfach mal mit jemandem über unser Bein reden".

„Guter Punkt. Willst du es mitnehmen? Dann mache ich dir ein Tragerl fertig und gebe dir das Dienst-Handy mit. Ich meine, Smartphone hast du ja keins, mit dem du einfach ein Bild vorzeigen könntest. Manchmal hilft so ein visueller Eindruck dem Erinnerungsvermögen auf die Sprünge, wenn man etwas verloren hat. Da du aber eher ein Verfechter der wirklichen Anatomie zum Anfassen bist als ein Fan der virtuellen Anatomie, wirst du es sicher mitnehmen wollen, wie ich dich kenne. Vergiss dann nicht, für Einbein eine Fahrkarte zu lösen. Eine Kinderkarte sollte reichen, wir haben ihn schließlich erst seit Anfang der Woche."

Nodus legte auf, nahm sich aber vor, Ernst mal auf den Konsum psychoaktiver Substanzen anzusprechen, wobei er inzwischen eher einen chronischen Zerrüttungs-Prozess als einen kurzzeitigen Rausch im Verdacht hatte.

Nodus brauchte tatsächlich eine gute halbe Stunde nach Riem raus, wobei die S-Bahn nicht so überfüllt war wie oft, weswegen er im Allgemeinen bevorzugte, mit dem Radl unterwegs zu sein. Als er die unterirdische Haltestelle verließ und am Ausgang zum Messegelände ankam, fürchtete er schon, Calcar warten gelassen zu haben. Aber hier war niemand. Zumindest stand hier niemand und wartete. Nodus blickte sich um. Natürlich waren Passanten zwischen Einkaufszentrum und U-Bahn-Haltestelle unterwegs, aber niemand machte auf Nodus den Eindruck, auf jemanden zu warten. Er setzte sich auf eine Bank und wartete, da er sich ein wenig fühlte wie bestellt und nicht abgeholt. Die Zeit verging und nichts Aufregendes geschah. Nodus beobachtete, wie auf dem offenen Platz vor der Haltestelle ein dunkelhaariger Mann die Tauben fütterte, wobei er hinkend von dannen zog. Wer füttert denn heutzutage in einer Großstadt noch die Tauben? Ist ja herzallerliebst, dachte Nodus noch versonnen.

Nach knapp einer halben Stunde, rief er Unbehagen an, da er in der Eile vergessen hatte, sich die Adresse von Body parts Inc. zu notieren. Und wenn er schon mal hier war, konnte er genauso gut bei der Firma vorbeischauen. Unbehagen hatte die Adresse schnell im Netz ausfindig gemacht und ihm eine Wegbeschreibung diktiert. Zuverlässig war Unbehagen und flink wie immer, besonders mit dem Computer. Vielleicht also doch nichts Ernstes, dachte Nodus, wobei ihn diese Formulierung schmunzeln ließ. Nach einem flotten Fußmarsch von knapp fünf Minuten stand er auch schon vor dem Gebäude, einem sehr modernen Zweckbau mit Glasfassade, bei dem auf dem Firmenschild insgesamt acht Firmen verzeichnet waren. Eine davon war BP Inc., wie es hier ausgeführt, oder genauer, abgekürzt wurde. Nodus betätigte die Klingel, doch nichts geschah. Nach ein paar weiteren Versuchen gab er es auf und beschloss, unverrichteter Dinge in die Anstalt zurückzukehren. Diese Aktion war ja mal ein Griff ins Klo gewesen wie es im Buche stand.

Sektion 11

Zum Kurs kam er gerade noch pünktlich und erläuterte jetzt seiner zweiten Gruppe die Inhalte der Brusthöhle. Aber irgendwie war er nicht ganz bei der Sache. Das passte doch alles nicht zusammen. Erst wollte Calcar ihn möglichst sofort sprechen, und dann war er nicht anzutreffen. Und dabei wirkte er am Telefon alles andere als verwirrt oder desorientiert, besonders im Direktvergleich zu Ernst Unbehagen. Nach dem Kurs rief er gleich noch einmal bei der Firma an. Diesmal aber war es wie gestern und der Anrufbeantworter sprang an, allerdings rief er heute tatsächlich außerhalb der Geschäftszeiten an.

Kaum hatte er aufgelegt, war es wieder da, dieses fast unbändige Gefühl, den Herausforderungen des Berufsalltags nicht mehr gewachsen zu sein und sich stattdessen nur noch zum Schlafen zurückziehen zu wollen. Einfach mal einen auf Vogel Strauß machen und den Kopf in den Sand zu stecken! In einem Moment wie diesem vergaß er sogar seine Liebe zur Anatomie im Allgemeinen und seinem Beruf im Besonderen, die ihm den Arbeitsalltag üblicherweise leicht machte. Eine bleierne Schwere füllte ihn stattdessen aus und nahm ihm sogar ein wenig die Luft. Wie in einem Schraubstock eingezwängt fühlte sich sein Brustkorb an. Als er vor ein oder zwei Jahren dieses Gefühl zum ersten Mal verspürte, war er sofort zum Kardiologen in die Poliklinik nebenan gelaufen, da er als medizinisch vorgebildeter Mensch natürlich sofort an eine Angina pectoris dachte, die ein Hinweis für einen drohenden Herzinfarkt hätte sein können. Aber sein Belastungs-EKG war völlig normal gewesen. Der Kollege hatte sogar nicht schlecht gestaunt, dass Nodus selbst bei der höchsten Watt-Zahl zügig und munter vor sich hin strampelte und dabei nicht mal richtig aus der Puste kam.

„S Bümbli loaft wie da Deifi", um es mal in ‚bayuvarischer Mundart' auf den Punkt zu bringen. In Zeiten wie diesen war das allerdings ein schwacher Trost, auch wenn ihm die Erinnerung an diesen Tag noch ein schwaches Lächeln auf die Lippen zauberte. Allerdings wusste er sich inzwischen in solchen Situationen zu helfen, so wie sich Baron von Münchhausen auch selbst an seinem Schopf aus dem Sumpf gezogen haben mochte – oder auch nicht. Er musste hier raus!

In solchen Momenten überkam ihn wieder die tiefe Sehnsucht nach dem Allgäu, wo er seine Kindheit und Jugend auf einem Bauernhof in der Nähe von Kempten verbracht hatte. Eigentlich war er also gar kein Franke, und es hatte ihn auch erst zum Studium nach Würzburg und damit nach Unterfranken verschlagen. Jetzt vermisste er diese Ruhe und Einfachheit, von der sein Leben auf dem Land im Allgäu damals geprägt war. Seine Eltern hatten, als er noch ein Kind war, die Gelegenheit genutzt, ihre Weiden für den Bau der Autobahn abzugeben, die nun das Land durchschnitt und Memmingen im Norden mit Füssen am Fuße der Alpen verband, und seitdem auf dem Bauernhof nur noch ein paar Hühner und Schafe halten. Reich geworden waren sie durch den Verkauf nicht, aber es hatte zum Leben gut gereicht. Die Freizeit, die sie nun schlagartig gewonnen hatten, kam Nodus und seiner kleinen Schwester sehr zugute, da sie als Familie sehr viel Zeit in der Natur verbracht hatten und gefühlt fast jeden Tag mit dem Fahrrad in der Umgebung unterwegs gewesen waren.

Da er hier in der Anstalt gerade nichts weiter tun konnte, schwang er sich auf sein Rad und radelte nach Hause. Kaum spürte er die Vorabendsonne auf seiner Haut und beobachtete das Treiben auf seinem Weg um die Theresienwiese, hatte er an der Bavaria-Statue auch schon die Wirren des höchst ungewöhnlichen Arbeitstages hinter sich gelassen.

Das Allgäu war ihm heute aber zu weit, obwohl Freitag war und er sich richtig freute, bis zum Montag die Anstalt mit all ihren Beinen und Gebeinen zurücklassen zu können. Er wusste aber schon, was er tun würde. Er hatte es sich zum Ritual gemacht, zu Hause etwas zu essen und eine Flasche Weißwein einzupacken und sich einfach in seinen alten, geliebten Chevy-Van zu setzen und an den Maisinger See zu fahren. Ein paar Flaschen vom Münchner Anatomiewein mit dem passenden Namen „Der letzte Tropfen" hatte er zum Glück noch im Keller.

Vor dem kulinarischen Ausflug musste er aber noch bei Crista vorbeischauen!

Abstecher in den Himmel

Er parkte den Van auf dem Parkplatz vor dem Agathen-Stift wie immer in der letzten Reihe, um mit dem klobigen Gefährt die Parkplatzsituation nicht noch unnötig überzustrapazieren. Heute war aber vergleichsweise wenig los. Wahrscheinlich waren die meisten Angehörigen, wie in München bei diesem Wetter üblich, bereits zum Wochenendausflug in die nahen Alpen und zu deren vorgelagerten Seen aufgebrochen, um dem Verkehrschaos der Blechlawinen zu entgehen, die sich jeden Samstagvormittag nach Süden wälzte.

Nodus erklomm die Treppen, indem er immer zwei Stufen auf einmal nahm. Die Aussicht auf eine Auszeit am Maisinger See hatte ihm neuen Elan verschafft. Vor der Zimmertür im dritten Stock musste er erst einen Moment verschnaufen, um nicht völlig derangiert bei Crista ins Zimmer zu stürzen. Er wusste, dass sie Änderungen seines Gemütszustands immer sehr genau wahrnahm, und sie körperliche Rage geradezu mitnahm, wie er an ihrer beschleunigten Atmung und den zuckenden Augenlidern ablesen konnte. Das wollte er seiner Gattin unbedingt ersparen.

„Crista, Liebes, ich muss raus zum See", stieß er entgegen seiner Vorsätze hervor, nachdem er behutsam am Bett Platz genommen hatte.

„Du weißt schon, zur Bank am Ufer des Sees in Maising, wo wir früher immer Picknick gemacht haben, um dabei den Sonnenuntergang zu genießen."

„Ich wollte aber vorbeikommen und es dir erzählen, damit du weißt, wo ich bin, wie ich es immer tue, wenn ich mal woanders hingehe oder -fahre als in die Anstalt."

Dabei fiel ihm auf, dass er das seit bestimmt zwei Monaten nicht getan hatte. Er hatte nichts unternommen, keinen Ausflug gemacht, und war auch im Sommer nicht im Urlaub gewesen. Wo sollte er auch allein hinfahren? So hatte er sich außerhalb seiner Dienstzeiten zu Hause verkrochen und an manchen Wochenenden die Couch oder manchmal sogar das Bett kaum verlassen.

„Liebes, du glaubst nicht, was bei uns in der Anstalt abgeht! – Das reinste Irrenhaus!"

„Erst wurde ein Bein abgeliefert, wie ich dir schon erzählt habe."

„Dann stellt sich heraus, dass es in unserem Land einen florierenden Leichenhandel gibt, bei dem ein An- und Verkauf von Einzelteilen, den man sonst nur vom Automechaniker kennt, gang und gäbe ist."

„Und ich Trottel sitze in meinem Elfenbeinturm und bekomme als Einziger davon nichts mit, während meine klinischen Kollegen als Abnehmer der Menschenstücke die Nachfrage noch anheizen und damit die Geschäftsgrundlage für diese Verbrecher erst schaffen."

Nodus war aufgesprungen und ans Fenster getreten, um sich etwas Luft zu verschaffen.

„Es ist zum Auswachsen!"

Eigentlich tat er genau das, was er sich zu vermeiden vorgenommen hatte, nämlich Crista mit seinen Sorgen und Gedanken zu konfrontieren. Und das, wo sie sich nicht einmal äußern und ihrem Unmut freien Lauf lassen konnte. Er wandte sich um, und da war er wieder, der Eindruck, dass sich ein leichtes Kräuseln um die Nase seiner Gattin gezeigt hatte, was für ihre Möglichkeiten einen Ausdruck gesteigerter Erregung anzeigte. Schnell setzte er sich wieder und ergriff ihre Hand.

„Entschuldige, Liebes, aber ich konnte das nicht für mich behalten."

Er blickte sie zärtlich an.

„Nun, ich denke, am besten wäre, wenn ich dich wieder in Ruhe lass, und erstmal wieder selbst zu klaren Gedanken finde."

„Ich liebe dich!", hauchte er mit einem Abschiedskuss auf ihre Stirn und verließ das Zimmer.

Sektion 12

Jetzt aber nichts wie raus hier! Raus aus dem Pflegeheim und raus aus München. Es ist zum Schreien, dachte er. Seine Achseln waren nass vor Schweiß und sein Hemd klebte an seinem Rücken. Dieser Grad der Erregung war für ihn als gestandenes bayerisches Mannsbild sehr ungewöhnlich.

Nodus schwang sich in den Van, drehte die Musik laut auf und fuhr los. Die Entscheidung für den Bus hatte auch mitbestimmt, dass er noch einen CD-Player hatte, statt eines USB-Anschlusses. Und zwar nicht irgendwo hinter einem möglichst großformatigen Bildschirm versteckt, sondern einfach, wie es sich gehörte, auf der Fahrerseite der Bedienkonsole. Im Bus hatte er seine Musik-Klassiker in einer Kiste auf dem Boden zwischen den Vordersitzen verstaut, sodass er beim Fahren die CDs wechseln konnte ohne anzuhalten. Jetzt war er es mal wieder Zeit für „The Sisters of Mercy". Mit dieser Band verband er mehr als mit jeder anderen Musikgruppe seiner Jugend. Wobei Jugend relativ war, denn als die Sisters 1980 in Leeds gegründet wurden, war Nodus auch schon in seinen Zwanzigern. Er erinnerte sich noch genau, als er zum ersten Mal die „Reptile House E.P." hörte, das war 1983. Es war die Zeit des Synthie-Pops gewesen und Nodus hatte damals zwar auch schon seine langen schwarzen Haare, die er zu einem Zopf gebunden trug, aber noch keinen Bart. So ein Rauschebart, wie er ihn heute trug, wäre damals auch extrem uncool gewesen; Nicht wie heute bei den Hipstern in Berlin und München, die alle irgendwie aussahen wie Gimli, der Zwerg in den Verfilmungen des „Herrn der Ringe". Seine Erscheinung und auch sein nicht zu verleugnender Erfolg bei den Frauen im Dorf hatte ihm den Spitznamen „der schwarze Hengst von Tann-Ried" eingebracht, einen Titel, auf den er in seiner Jugend nicht unerheblich stolz gewesen war. Aber das war lange her.

So etwas Düsteres wie die „Sisters" hatte er bis zum damaligen Zeitpunkt allerdings noch nie gehört, und diese tiefe Melancholie, die in einem krassen Kontrast zur aufgesetzten Gute-Laune-Musik der beginnenden Achtziger Jahre stand, hatte ihn bis heute nicht losgelassen. Er hatte damals gerade in Würzburg seinen Medizin-Studienplatz bekommen, was zu dieser Zeit nicht annähernd so ein Glückslos war wie heutzutage. Heute war man selbst mit einem Abiturschnitt von 1,0 nicht sicher, ob man einen Studienplatz bekommen würde, besonders, wenn man an einer der elitären Universitäten studieren wollte, die bereits durch die Auswahl ihrer Studierenden sicherstellten, dass nur eine Ärzte-Elite von Superstrebern herangezogen wurde. Deshalb siebte Heidelberg bereits bei der Aufnahme alle Kandidaten aus, die den Schnitt im Staatsexamen negativ beeinflussen könnten. So war es kein Wunder, dass der Anteil von Studierenden mit Migrationshintergrund in Heidelberg nur wenige Prozent betrug und damit drei- bis viermal niedriger war als in München. Man konnte die Universität in München, die schon immer sehr erpicht darauf war, als eine der besten Universitäten des Landes wahrgenommen zu werden, ja sehen wie man wollte. Aber in diesem Punkt war Nodus wirklich stolz auf seine Uni, die sich klar zu ihrer Multikulturalität bekannte.

Heute war das Studium der Medizin auch um vieles lockerer geworden. Damals war er mit seiner schwarzen Haar-Matte von den Herren Professoren, denn Frauen gab es ja nahezu keine im sogenannten Lehrkörper der Universität, mit deutlicher Skepsis betrachtet worden. Und man war auch noch nicht so weit wie heute, da man sich in der Universität rühmte, dass in der Münchner Anatomie vor ziemlich genau hundert Jahren die erste Frau habilitiert und damit die wissenschaftliche Reife für eine Professur erlangt hatte. Zur Zeit seines Studiums nahmen sich gerade die Anatomen noch besonders wichtig. In München wandelten sie Zigarre rauchend über die Gänge und nahmen selbst im Präpariersaal lediglich die Zigarre aus dem Mund, um einen Studenten so zusammenzubrüllen, dass dieser sich wünschte, entweder gar nicht geboren, oder dann wenigstens nicht auf diese von nun an wenig aussichtsreiche Idee gekommen zu sein, Medizin an dieser Universität zu studieren. Heute wäre ein solches Gehabe zum Glück undenkbar. Aber damals hätte niemand einem Studenten dessen Sicht der Dinge geglaubt, zumal alle Mitarbeiter des Professors diesem auch pflichtschuldigst einen Persil-Schein ausgestellt hätten, wenn sich ein Student bei der Universitätsleitung beklagt hätte. Was blieb den Nachwuchs-Anatomen auch anderes übrig als die gottgleiche Verehrung ihres Ordinarius, wie der Lehrstuhlinhaber damals würdevoll genannt wurde. Sie waren schließlich völlig von ihm abhängig und ihm sogar dann noch ausgeliefert, wenn sie sich um eine Professur an einer anderen Universität bewarben. Damals gab es schließlich noch keine Berufungskommissionen mit externen Gutachtern, die im Sinne der Bestenauslese den Geeignetsten identifizieren sollten. Vielmehr schrieb der Ordinarius für das Fach einen Brief an seinen Kollegen, dessen Nachfolger bestimmt werden sollte, und pries einen seiner Schüler über den grünen Klee. Natürlich kannte man dabei keine Grenzen des Anstandes, da die beste Weise, seine Macht und Bedeutung im Fach nach außen zu dokumentieren, darin bestand, eine möglichst große Zahl von Nachfolgern an den verschiedenen Universitäten unterzubringen. Das hatte dann auch den Vorteil, dass diese einem bis an das eigene Lebensende gewogen sein würden, da sie ihrem Meister ja schließlich alles verdankten, und sich mit der ein oder anderen Ehren-Doktorwürde erkenntlich zeigen konnten, was den Status an der eigenen Fakultät dann noch einmal verbesserte.

Düstere Zeiten damals, wie Nodus jetzt gerade in den Sinn kam. Aber dafür war man gerade an der Universität für eine ebensolche düstere Musik wenig offen und Nodus beschloss, sich höchstens in seiner Freizeit schwarz zu kleiden. Aber ein richtiger „Goth" oder „Grufti", wie man im Deutschen sagte, war er sowieso nie gewesen, da er dafür einfach eine zu positive Lebenseinstellung hatte, um seinen Musikgeschmack anhand seines Kleidungsstils wie eine Monstranz ständig vor sich herzutragen. Aber die Musik war „leider geil", wie man wohl heute sagen würde. Das wurde ihm auch jetzt wieder bewusst, als er „Kiss the carpet" und „Valentine" hörte und laut im Auto mitsang. Andrew Eldritch, der sicher besonders veranlagte Kopf der Band, musste schon über eine spezielle emotionale Grundierung verfügt haben, um mit Mitte zwanzig solche Songs zu schreiben. Andrew, der vor ein paar Jahren auch schon seinen sechzigsten Geburtstag gefeiert hatte, schien sein Leben – zwischen den wenigen Konzerten, die er mit zum Teil recht uninspirierten Darbietungen noch gab, um sich zu finanzieren – mit Muße in allen Formen des Nichtstuns zu verbringen. Man musste allerdings zugeben, dass zuletzt, zusammen mit den jungen Gitarristen, die auch als Eldritchs Söhne durchgehen würden, ein paar ganz passable Songs entstanden waren. Eigentlich war die Verweigerungshaltung gegenüber dem Veröffentlichungsdruck der Musikindustrie auch nicht verwerflich, und die Zeiten, in denen Nodus sehnsüchtig auf eine eigene neue Veröffentlichung gewartet hatte, waren spätestens seit der Jahrtausendwende auch schon längst vorbei. Seitdem genoss Nodus einfach die Musik, die damals den Gothic-Rock erst so richtig begründet hatte, und fühlte sich dabei, wenn auch schon seit zwanzig Jahren nicht mehr jung, so doch zumindest zeitlos.

Sektion 13

Mit den Sisters im Ohr und derart in Gedanken, verging die Fahrt wie im Flug, auch wenn Nodus mit seinem Van eher gemütlich gefahren war. Bis zur Autobahnabfahrt am Starnberger See hatte er noch das Gefühl gehabt, von einem schwarzen Chevrolet Suburban verfolgt zu werden. Das Fahrzeug war ihm aufgefallen, weil es sogar in München eher selten anzutreffen war. Bereits beim Verlassen der Anstalt am heutigen Nachmittag war ihm ein ähnliches Auto aufgefallen, das ihm allerdings nicht gefolgt war, sodass er ihm keine weitere Bedeutung beigemessen hatte. Als er dann ungefähr eine Stunde später im Münchner Ortsteil Laim nach Süden in Richtung Autobahn abbog, war ein baugleiches Fahrzeug aufgetaucht. Natürlich hatte er nicht auf die Kennzeichen der Autos geachtet, er war ja kein Kriminaler und auch sonst eher kein misstrauischer Mensch. Allerdings waren zwei dieser Kisten in so kurzer Zeit doch auffällig. Als er aber wenig später nach Starnberg abbog, war der Chevrolet verschwunden, sodass Nodus sich schon selbst wegen seiner paranoiden Anwandlungen belächelte.

Bald hatte er auch Starnberg hinter sich gelassen, dessen Dichte an Sportwägen und SUVs seinem Status als Gemeinde mit dem höchsten Pro-Kopf-Einkommen Deutschlands jedes Mal, wenn er hier war, aufs Neue alle Ehre machte. Aber irgendwann hatte er alle Nobelkarossen hinter sich gelassen und tauchte in die kleine Gemeinde Maising ein, wo er wie immer sofort verspürte, dass das Leben hier um „einen kleinen Tacken" langsamer lief.

Er parkte den Bus am Beginn der Seestraße unter einer kleinen Baumgruppe, sodass er auch für die selten durchfahrenden Traktoren und Personenwagen keine Behinderung darstellte, zog sich seine Wanderschuhe an und eine leichte Outdoor-Jacke über und machte sich auf den Weg in Richtung See. Über die Jahre hatte er schon einige Routen ausprobiert, war dann aber dazu übergegangen, meist den schönsten Weg zu wählen. Quasi nach dem Motto: „Life is too short for boring trips". So bog er in einen kleinen Weg ab, der zunächst an zwei Einsiedlerhöfen vorbeiführte. Es handelte sich um einen Schotterweg, durch dessen Belag inzwischen so viele Grasbüschel durchkamen, dass er beinahe schon wieder natürlich anmutete. Nach einigen Minuten ging ein kleiner Pfad den Hügel hinauf, der eine Apfelbaumwiese überquerte, bis man von der Kuppe einen schönen Rundumblick auf die Laub- und Nadelbaumbestandenen Hügel und Täler der Umgebung hatte. Den See konnte man noch nicht sehen, obwohl er in einer Entfernung von nur fünfzehn Minuten in einer großen Waldlichtung gelegen war. Nodus schlenderte weiter und genoss die Strahlen der bereits tiefstehenden Sonne. Wenn er sich beeilte, konnte er am See den Sonnenuntergang erleben. So beschleunigte er seine Schritte, wandte sich nach rechts in einen Waldweg, der sich leicht abschüssig über ein dichtes Bett aus Tannennadeln hinzog. Nun fühlte er sich wieder frei und sein Kopf war klar. Besonders, da er wusste, dass er nach seiner Runde um den See am Abend seinen Campingsessel vor den Van stellen würde, um sich unter dem klaren Sternenhimmel ein Gläschen Wein zu gönnen. Einen Schlafsack hatte er immer im Auto, sodass er später nur das knuffige, lederbezogene Rückbank-Sofa ausfahren musste, um die Nacht hier draußen verbringen zu können. Zumindest wenn das Sofa funktionierte und sich motorgetrieben ausfahren ließ, was bei der amerikanischen Zuverlässigkeit der Automobiltechnik leider nicht garantiert war. So zog er weiter und es gelang ihm tatsächlich, während der nächsten Stunde keinen Gedanken an die Vorkommnisse in der Anatomie zu verlieren. Als er auf der Bank am Seeufer saß und den Wildgänsen zusah, die sich schon für ihre Wanderung in den Süden zu sammeln schienen, war er wieder eins mit sich selbst.

Als die letzten Sonnenstrahlen hinter dem Wald verschwunden waren, machte Nodus sich auf zu seiner Runde um den See. Sie dauerte nicht lange, und da der Weg direkt am Ufer des Sees verlief, brauchte er nicht einmal seine Taschenlampe anzuschalten. Eine knappe Stunde später trat er aus dem Wald und konnte am Ende der aus dem Tal aufsteigenden Straße schon seinen Van erahnen. Da bog ungefähr fünfhundert Meter hinter ihm ein Fahrzeug aus einem Feldweg auf die Straße. Nodus wunderte sich, da es hier weder Gebäude noch überhaupt Zivilisation gab. Er meinte also, es würde sich am ehesten um Spaziergänger handeln, die wie er die Ruhe des Waldes genossen. Zu dieser gemütlichen Lebenseinstellung passte allerdings nicht, dass der Fahrer des anscheinend schweren Fahrzeugs nun den Motor aufheulen ließ und das Auto zu einer atemberaubenden Beschleunigung zwang. Was für ein Ungetüm von Auto war das denn und welche Motorisierung mochte es wohl haben? ging es Nodus durch den Kopf, als das schwere Geländefahrzeug auf ihn zuraste. Zunächst ging Nodus davon aus, dass der Fahrer ihn wohl noch gar nicht wahrgenommen hatte, obwohl ihn der Lichtkegel der Scheinwerfer bereits erfasst hatte. Er dachte auch nicht weiter darüber nach, da er nicht annahm, der Fahrstil könnte etwas mit seiner Person zu tun haben.

Dann wurde ihm aber mulmig, als das Fahrzeug nach wenigen Sekunden und mit einer Geschwindigkeit von bestimmt fast hundert Kilometer pro Stunde, was auf der kleinen Straße mindestens ebenso halsbrecherisch wie unnötig war, weiter auf ihn zuhielt. Nodus beschloss, sich vom Straßenrand möglichst weit in Richtung eines kleinen Grabens zurückzuziehen, um nicht am Ende von dem Koloss gestreift und mitgeschleift zu werden. Der Fahrer schien ihn immer noch nicht gesehen zu haben, obwohl er jetzt bereits im Licht der Schweinwerfer einen Schatten auf die vor ihm liegende Straße warf. In Deckung bringen konnte er sich hier nicht, der Waldrand war gute fünfzig Meter entfernt, abgesehen davon, dass er den Weg dorthin nicht überblicken konnte. Schweiß brach ihm aus und lief ihm über den Rücken und befeuchtete seine Handflächen. Ah, der Sympathicus geht an! sprach der Anatom in ihm, als würde er neben sich stehen und seine Körperfunktionen wie aus dem Off kommentieren. Sein Herz schlug wie wild und er überlegte gehetzt, ob er noch irgendetwas tun konnte, falls der Fahrer nicht abbremsen und wenigstens ein wenig ausweichen würde. In zwei Sekunden würde er es wissen. Er hörte ein erneutes Aufdröhnen des Motors, dem augenscheinlich auf den letzten Metern alles abverlangt werden sollte. Jetzt durchfuhr es Nodus eiskalt, dass dies alles kein Zufall sein konnte, sondern am Ende doch er selbst das Ziel dieses wahnwitzigen Beschleunigungsmanövers sein sollte. Es gab kein Entrinnen. Nodus wollte sich nach rechts Richtung Wald wenden und zum Sprung über das Bächlein ansetzen, als sich seine Fußspitze in einer Wurzel verfing und er zu taumeln begann. Hilflos registrierte er noch, wie er das Gleichgewicht verlor und mit dem Kopf voran in den Morast des Bauchlaufs stürzte, als das Fahrzeug ihn auch schon eingeholt hatte. Nodus kniff die Augen zusammen, als könnte er so verhindern, dass er unter den Offroadreifen des Wagens zermalmt werden würde. Wenigstens zusehen wollte er nicht. Musste er aber auch nicht, weil er nun mit dem Kopf im Bachbett aufschlug. Das Fahrzeug brach mit voller Geschwindigkeit auf seiner Seite von der Straße aus und preschte über den Bach in den angrenzenden Acker.

Da Nodus augenblicklich das Bewusstsein verlor, bemerkte er nicht, dass der Geländewagen nach ungefähr zwanzig Metern in der Mitte des Ackers langsamer wurde und zum Stehen kam. Die Fahrertür wurde geöffnet und der Strahl einer Taschenlampe scannte die Umgebung des Baches wie ein Suchscheinwerfer. Als sich nichts regte und auch nach mehreren Minuten kein Geräusch zu vernehmen war, wurde die Tür des Fahrzeugs geschlossen und der Geländewagen bahnte sich seinen Weg über den aufgebrochenen Acker, um nach vielleicht hundertfünfzig Metern wieder auf die Seestraße einzubiegen und dann mit moderater Geschwindigkeit davonzufahren, als wäre nichts gewesen.

Als Nodus wieder zu sich kam, musste er sich zunächst orientieren. Wieso lag er hier auf einem eiskalten Wasserbett, und noch dazu in einen Bademantel gehüllt, der sich mit Wasser vollgesogen hatte? Der Geruch nach feuchter Heilerde und Grünzeug kam ihm zwar bekannt vor, war aber auch nicht typisch für den Wellness-Bereich einer Sauna-Anlage. Dann kam die Erinnerung zurück. Zunächst prüfte er vorsichtig, ob er noch alles bewegen konnte oder sich bei seinem halsbrecherischen Manöver am Ende verletzt hatte. Es sah aber alles gut aus. Anscheinend hatte ihn sein guter Ernährungszustand vor größerem Übel bewahrt.

„So ein wenig Fett auf den Knochen ist also doch nicht schlecht!", murmelte er vor sich hin, als er sich im Graben aufrichtete, wobei ihm nun das Wasser auch noch eiskalt von oben in die Wanderschuhe hineinlief. Mühsam und geschunden kroch er auf allen Vieren die Böschung nach oben und gelangte auf die Straße. Vorsichtig richtete er sich auf, wobei er feststellen musste, dass es keinen Teil seines Prachtkörpers gab, der nicht schmerzte. Jetzt fühlte er sich endgültig reif für die Rente. Die letzten Meter zum Bus waren daher mühsam. Zunächst fand er die Autoschlüssel nicht auf Anhieb in seiner Hosentasche und befürchtete schon, dass sie ihm bei seinem halsbrecherischen Sturz in den Wasserlauf entglitten waren und nun im Morast des Bachgrunds und damit unauffindbar wären. Dann ertastete er die Schlüssel aber doch in der Tasche seiner Windjacke. Nachdem er schließlich die Tür geöffnet hatte, ließ er sich, nass wie er war, erst einmal in den Sitz fallen, wo er eine Zeit lang verharrte.

Einerseits fühlte er sich wie gerädert oder als wäre er von einer Football-Mannschaft überrannt worden, und sehnte sich nach Ruhe und Schlaf. Andererseits war an Schlafen gerade nicht zu denken, da sein Herz immer noch wie wild schlug und das Blut in seinem Kopf pochte. Eine Übernachtung in dieser Wildnis war für ihn heute unvorstellbar, obwohl gerade dies sonst ein Hochgenuss war, der ihm ein tiefes Gefühl der Ruhe vermittelte. Selbst in seinem Van fühlte es sich erstmals ungeschützt und nackt. Auch auf einen Schoppen vom „letzten Tropfen" musste er daher verzichten, was aber heute vielleicht auch kein gutes Omen gewesen wäre.

So wartete er noch eine halbe Stunde, bis sich sein Kreislauf wieder einigermaßen beruhigt hatte, und machte sich dann im Schneckentempo über die Landstraßen auf nach München. Zuhause duschte er ausgiebig und heiß und fiel mehr tot als müde ins Bett.

III
CLAMOR

Wieder in München

Nun wusste er, was zu tun war. Oder zumindest, dass er irgendwie handeln musste. Er hielt es einfach nicht mehr aus. Der Besuch in Sarajevo hatte alles verändert. Vorher hatte er seine berufliche Tätigkeit nicht weiter hinterfragt und darin sogar noch einen gewissen Sinn gesehen, da er dadurch wissenschaftliche Fortbildungen unterstützte und damit der Medizin half. Seitdem er aber mitangesehen hatte, dass man in gar nicht so fernen Ländern dieser Welt wehrlose, psychisch kranke Menschen als lebende Ersatzteillager am Leben hielt, bis der passende Zeitpunkt gekommen war, um diese auszuweiden und im Anschluss in Einzelteilen um die Welt zu schicken, konnte er nicht mehr ruhig schlafen. Irgendwie musste er aus der Nummer raus. Da das Geschäftsmodell zu erfolgreich war, gab er sich nicht der Illusion hin, dass er das Treiben irgendwie beenden könnte, indem er mit Mr. Gordon sprach. Nein, so naiv war er nicht. Vielmehr musste er Hilfe von außen hinzuziehen, und zwar am besten so, dass es nicht auffiel.

Die Gelegenheit bot sich in der folgenden Woche, als er von einer Veranstaltungsagentur kontaktiert wurde, ob er nach einem Botox-Kurs die beiden Körper abholen und den Transport zu ihrem „Bestatter" in Garmisch-Partenkirchen organisieren könnte, da ihr Fahrzeug mit Motorschaden ausgefallen war und niemand bereit war, der besonderen Fracht im Privat-Fahrzeug einen Ausflug zur Zugspitze zu spendieren. Da seine Firma, wenn auch eigentlich nicht für solche Zwecke, einen Dienstwagen bereithielt, sagte er zu. Der „Bestatter", für den ihre Veranstaltungspartner den Abnehmer hielten, war eine Außendienststelle ihrer Firma und organisierte den Rücktransport der Leichenteile in die USA. Zumindest nahm er das an, auch wenn ihm inzwischen Zweifel gekommen waren, ob das wirklich so ablief, da ihm Garmisch bisher nicht als Luftfrachtdrehkreuz aufgefallen war. Wie vereinbart holte er die Körper am späten Nachmittag mit dem Dienstwagen ab. Abgeben können würde er die Körper in Garmisch allerdings erst nach Einbruch der Dunkelheit, damit sich nicht jemand wunderte, warum ein Privatwagen mit schlichten Holzkisten, wie man sie sonst aus dem Baumarkt kannte, bei dem als Bestattungsunternehmen getarnten Geschäft aufkreuzte.

Nun hatte er also genug Material zur Verfügung, um ein Zeichen zu setzen. Die Frage war nur, was er mit den Körpern machen konnte, um auf ihren Geschäftszweig hinzuweisen. Eine Ablieferung bei einer Polizeistation oder in einem öffentlichen Park fiel aus, da die Videoüberwachung in einer Großstadt inzwischen fast lückenlos war und so seine Wege innerhalb kürzester Zeit nachzuverfolgen sein würden. Da könnte er sich gleich auf einer Wache selbst anzeigen. Das war Selbstmord, soviel war klar. Er war sich inzwischen nicht mal mehr sicher, ob er in Untersuchungshaft den Tag seiner Gerichtsverhandlung erleben würde, oder ob Mr. Gordon ein wenig nachhelfen würde, um seine Aussage zuverlässig zu verhindern.

Da fiel ihm die Anatomische Anstalt ein. Das Institut in München war eines der imposantesten Anatomiegebäude. Es lag direkt in der Innenstadt nahe am Sendlinger Tor und war bekannt dafür, dass dort auch einige klinische Kurse ausgerichtet wurden, die Leichen verwendeten. So berichteten es die Ärzte aus München zumindest gelegentlich, die nahezu alle schon mal einen Kurs dort organisiert hatten. In den letzten Jahren aber waren sie anscheinend damit konfrontiert worden, dass der Anatom vor Ort zunehmend altersstarrsinnig wurde und er außerdem für die Kurse nicht die nötige Auswahl an Körpern bereitstellen konnte, die sie gerne gehabt hätten. Seiner Firma war das nur recht, weil sie damit ihren Geschäftszweig sehr effektiv ausbauen konnten. In der Anstalt konnte er sicher sein, dass man die Herkunft der Präparate erkennen würde. Er war allerdings nicht sicher, ob der Professor und sein Präparator, die laut Webseite für das Leichenwesen verantwortlich waren, irgendwelche Schritte unternehmen würden, wenn er ihnen ein Leichenteil zurücklassen würde. Leichter war das Leben ja bekanntlich, wenn man nicht getrieben von übermäßiger Zivilcourage bei jedem suspekten Vorkommnis irgendetwas unternahm. Einen ganzen Körper wollte er außerdem lieber nicht zurücklassen, da es dann sofort nach einem Mord aussehen würde und die Anatomen den Fall sofort der Polizei übergeben und sich im Anschluss unter Umständen nicht weiter über die Zusammenhänge des Leichenfunds Gedanken machen würden.

So kurvte er zunächst ziellos durch die Innenstadt und beschloss, erst einmal eine Kleinigkeit essen zu gehen, bis er sicher sein konnte, dass in der Anstalt niemand mehr arbeitete. Leider brannte die Notbeleuchtung die ganze Nacht über, wie er von einem Kneipenbesuch im Goethe-Bräu wusste. Daher konnte er nicht darauf hoffen, dass man anhand der Dunkelheit des Gebäudes den passenden Zeitpunkt für die Abgabe sicher aus der Entfernung würde erkennen können. Nach seinem Essen bei einem Italiener an der Ecke zur Anstalt, fuhr er über die Zufahrt in der Nussbaumstraße und damit direkt vor der Psychiatrischen Universitätsklinik auf das Klinikgebäude. Wie passend, dachte er noch. Damit wurde sein Wagen leider auch von den Kameras der Rechtsmedizin auf der anderen Straßenseite erfasst. Das ließ sich aber nicht vermeiden, da er die Holzkisten oder auch nur Teile daraus nicht einfach so unter dem Arm über den Fußweg zum Hinterhof bringen konnte. So parkte er in der Schillerstraße in der Einfahrt zum Hinterhof der Anstalt, wo es zum Glück finster war und die Beleuchtung des Gebäudes nicht herüberdrang. Was er aber nicht bedacht hatte, war das massive Eisentor, das man bei der Sanierung der Anstalt vor einigen Jahren angebracht hatte. Es war gut zweieinhalb Meter hoch, sodass er zwar leicht darüber klettern könnte, aber nicht einfach eine der Holzkisten darüber zu heben vermochte. Er musste den Plan also ändern und entschied sich dafür, dass es ein Bein auch tun würde. Besser ein Bein als kein Bein! Aber immer noch makaber genug, dass es auffallen musste, wenn ein Bein im Hinterhof der Anatomie herumstand. Er ließ das in Plastikfolie eingeschlagene Bein vorsichtig auf der anderen Seite des Tors herunter, indem er zwischen den armdicken Eisenstangen nachfasste, bis die Extremität auf dem Boden lag. Dann schwang er sich über das Tor, schnappte sich das Bein und lehnte es kurzerhand an die hölzerne Tür des Hintereingangs im Erdgeschoss. Dann machte er sich aus dem Staub und verließ das Klinikgelände so schnell er konnte.

So, und jetzt ab nach Garmisch!, dachte er. Die Fahrt in den Süden verging Dank der verkehrsarmen und nicht weit vom Ostufer des Starnberger Sees entfernten Autobahn wie im Flug. Allerdings kamen ihm Zweifel, ob die Münchner Anatomen wirklich etwas unternehmen würden. Vor allem, wenn der Professor und sein Präparator wirklich so schräg drauf sein sollten wie kolportiert wurde. Vielleicht war es besser, auf Nummer sicher zu gehen, und auch in den anderen bayerischen Anatomien ein paar Teile der Körper zu hinterlassen. Irgendein Mitarbeiter an einem der Standorte würde dann schon hellhörig werden. Er fuhr auf den nächsten Parkplatz und bemühte sein mobiles Internet, um herauszufinden, wie viele Anatomien es in Bayern gab. Würzburg, Regensburg und Erlangen kannte er zumindest vom Hörensagen, von der Anatomie an der neuen medizinischen Fakultät in Augsburg hatte er aber noch nie gehört. Also noch vier weitere Institute. Das würde eine lange Nacht werden, wenn er als Leichenbote heute alle Anatomien beglücken wollte.

Also würde er diesmal in Garmisch nicht viel mehr als einen Körper abliefern, nur halt mit zwei Köpfen. Dann hätte er noch zwei Arme, ein Bein und den Rumpf zu verteilen. Also sortierte er den Inhalt, den er in Garmisch abzugeben gedachte, gleichmäßig auf die beiden Kisten, damit es nicht so auffiel. Die übrigen Teile, die er noch diese Nacht ausliefern wollte, verbarg er unter einer Decke im Kofferraum. Dann setzte er seine Fahrt fort und kam um kurz nach einundzwanzig Uhr bei ihrer Außenstelle an. Zum Glück brauchte er keine Unterstützung. Er konnte, wie für diese Lieferungen vereinbart, im Hinterhof eine Art Mülltonnenhäuschen öffnen und dort die beiden Holzkisten aufrecht nebeneinanderstellen, sodass sie gut verstaut und sogar gegen Regen geschützt waren. Das war eine Angelegenheit von wenigen Minuten und er war wieder zurück auf der Straße.

Auf dem Rückweg bog er in Oberau ab und nahm so den verschlungenen Weg über verschiedene Bundesstraßen nach Augsburg. Danach waren Würzburg, Erlangen und Regensburg an der Reihe und als er in der Morgendämmerung den Dienstwagen in die Parkgarage seiner Firma einstellte, war er ziemlich erschöpft. Jetzt wollte er nur noch nach Hause und wenigstens unter die Dusche, bevor er in wenigen Stunden wieder an seinem Schreibtisch sitzen würde. Aufgetankt hatte er den Wagen. Da dieser aus guten Gründen nicht mit einem Navi ausgestattet war, hoffte er, dass sein nächtlicher Ausflug nicht auffallen würde.

Sektion 14

Am Montagmorgen kam Nodus wie meist um acht Uhr dreißig in der Anstalt an. Einer unguten Vorahnung folgend suchte er erst die Prosektur auf, anstatt zu seinem Kabuff im dritten Stock zu steigen. Im Büro des Präparators lief zwar der Computer, von Unbehagen aber war keine Spur zu sehen. Auch auf seine Rufe kam keine Antwort. Entweder wurde er jetzt langsam paranoid, oder Ernst war inzwischen wirklich dem Wahnsinn anheimgefallen und versteckte sich irgendwo in den Räumlichkeiten der Prosektur, um sich mit seinem Vorgesetzten einen üblen Scherz zu erlauben.

Doch Nodus sollte bald sehen, wie sehr er sich geirrt hatte. Die Tür zum Fixierungsraum war nur angelehnt. Vorsichtig öffnete sie der Professor einen Spalt breit. Der Anblick war gespenstisch. Mitten im Raum stand Unbehagen, starr wie eine Wachsfigur aus Madame Tussauds Kabinett. Er war leichenblass und wirkte tatsächlich geradezu leblos. Obwohl Unbehagen Nodus wahrgenommen haben musste, reagierte er nicht. Katatonische Starre, mutmaßte Nodus, und damit ein klarer Fall für den psychiatrischen Notdienst.

Der Anatom wollte schon kehrtmachen und seine Kollegen aus der Nussbaumstraße für ein Konsil anrufen, als er eine Äußerung von Unbehagen wahrnahm.

„Schau, Nodus .., eine Leiche!".

„Oh, na das ist ja mal was ganz Neues. Eine Leiche in der Anatomie, auf unserem Fixierungstisch! Meinst du, wir sollten eine Publikation vorberei…"

Weiter kam er nicht, denn jetzt war auch ihm aufgefallen, dass der Körper vor ihnen kopflos war. Da begannen auch Nodus die Knie zu zittern, da er so etwas noch nie gesehen hatte. Der Hals war oberhalb der Schultern sauber durchtrennt. Die Schnittstelle war völlig unblutig und sah irgendwie künstlich aus. Man konnte aber den Halswirbelknochen erkennen und im Wirbelkanal das Rückenmark ausmachen, das dünn wie ein Kleinfinger in der Höhlung zu schweben schien. Vor dem Wirbel waren mehrere Öffnungen zu erkennen. Vorne die Luftröhre mit ihren Knorpelspangen, dahinter lag die Speiseröhre an, beidseits war die Halsschlagader eröffnet, die Drosselvenen dagegen kollabiert. Wie gesagt, Nodus war kein Fachmann für Tötungsdelikte und -techniken, aber das Gesamtbild sprach für eine Enthauptung nach Eintritt des Todes, sonst wäre überall auf der Schnittfläche Blut gewesen. Mittels einer Guillotine oder vom Schlag einer Machete, jedenfalls nicht durch ein normales Haushaltsinstrument oder Operationsskalpell herbeigeführt. Damit war auch eindeutig, dass dieser Körper sich in der Adresse verirrt hatte und eigentlich ein Fall für die Kollegen auf der anderen Seite des Hofes war, nämlich der Rechtsmedizin. Ansonsten war der Körper eines athletisch gebauten Mannes unversehrt, was man auf den ersten Blick erkennen konnte, da er nackt war. Und zwar vom Scheitel bis zur Sohle, wobei streng genommen der Abschnitt zwischen Scheitel und Schulter hier nicht beurteilbar war.

„Die Hintertür vom Innenhof und die Tür zum Fixierungsraum sind aufgebrochen worden, und zwar sehr professionell, ich habe es selbst gerade erst festgestellt!", wisperte Unbehagen.

„Wie du unschwer sehen kannst, gehört die Leiche nicht zu uns."

„Ich rufe Fässler an", erwiderte Nodus und stürmte aus dem Raum zu Unbehagens Büro. „Fässler, Nodus hier, habt ihr einen Kopf zu viel?"

„Nodus, das ist ja schön, dass du mich jetzt jede Woche mal mit einem Anruf beehrst. Aber, um das mal klarzustellen, für uns ist die Situation, eine Extremität zu viel zu haben, wie letzte Woche, höchst ungewöhnlich. Wenn wir jede Woche ein Bein oder einen Arm zu viel hätten und dann mal wieder einen Kopf zu wenig, würde mir das ernsthaft Unbehagen bereiten, um es mal so zu sagen."

Fehlanzeige also.

„Habe die Ehre!", gab Nodus nur zurück und legte auf. Er musste nun die Polizei anrufen, und zwar sofort. Wie zuletzt hatte er Wachtmeister Eberhartinger am Rohr.

„Grüß Gott, der Herr Professor aus der Anatomie, was darf's denn diesmal sein. Beim letzten Mal hatten sie ein Bein zu viel, wenn ich mich recht erinnere."

Nodus berichtete von ihrem Fund und ahnte schon, welche Reaktion die Schilderung zur Folge haben würde.

„Ich fasse zusammen, dieses Mal ist es nicht so, dass Sie ein Leichenteil zu viel in ihrer Sammlung haben, sondern sie haben einen Kopf zu wenig. Mir ist jetzt nicht klar, ob sie eher beim Fundamt richtig wären, weil der Körper nicht zu Ihnen gehört, oder ob sie eher eine Vermisstenanzeige aufgeben sollten, falls jemand den fehlenden Kopf finden sollte. Bei uns jedenfalls liegt keine Vermisstenanzeige für einen Mann mittleren Alters vor".

„Hören Sie, Eberhartinger, jetzt ist hier Schluss mit lustig! Ihren Sinn für Humor weiß ich sehr zu schätzen. Hier liegt aber augenscheinlich ein Verbrechen vor. Bei uns in der Anstalt wurde eingebrochen und ein enthaupteter Mann abgelegt. Soviel kann ich Ihnen als Anatom mit Sicherheit sagen: ein geköpfter Mann ist kein Fall für mich, sondern für Sie! Wenn Sie nicht auf der Stelle einen Kollegen herschicken, werde ich die Presse informieren, dass sich Wachtmeister Eberhartinger auf Telefonslapstick verlegt hat, anstatt seiner Arbeit nachzugehen. Ich erwarte Sie und Ihre Kollegen im Innenhof, und gebe Ihnen eine Viertelstunde. Meine Geduld ist am Ende!" Nodus drosch den Hörer auf die Gabel.

Sektion 15

Nach knapp zehn Minuten hielt ein Streifenwagen mit Blaulicht im Innenhof und ein sehr verbindlicher Wachtmeister Eberhartinger wurde von Nodus in Empfang genommen.

„Danke, dass Sie umgehend gekommen sind. Die Situation ist uns sehr unangenehm und wir erwarten ab 9 Uhr wieder über tausend Studierende zur Vorlesung. Da wäre es schön, wenn zumindest der Streifenwagen bis dahin weg wäre, sonst können Sie mit einem Flashmob rechnen unter dem Motto ‚Kopflos in der Anstalt'. Und glauben Sie mir, dass will niemand!" Auch Eberhartinger sah beim Anblick des kopflosen Körpers sofort, dass ihm hier kein Streich gespielt wurde, sondern die Anatomen tatsächlich Opfer einer Leichenablagerung geworden waren. „Fassen Sie nichts an, ich verständige die Spurensicherung und den Rechtsmediziner!"

Nach weiteren fünfzehn Minuten waren alle da und aufgrund des kurzen Weges und des freundschaftlichen Verhältnisses zu Nodus, kam die Chefin der Rechtsmedizin, Prof. Eisenhart, persönlich. Entsprechend herzlich war auch die Begrüßung.

„Als ihr mich das letzte Mal um Rat gefragt habt, ging es um einen alten Kopf aus eurer Sammlung mit der Frage, ob dieser durch eine Guillotine abgesetzt worden sei. Wenn das nicht vor vier Jahren gewesen wäre und der Kopf zuvor nicht mindestens schon sechzig Jahre lang bei euch, hätte ich spontan gemutmaßt, dass dies nun der Körper dazu ist. So aber sieht es aus, als hätte jemand tatsächlich einen Menschen ermordet und dann enthauptet. Oder einen natürlich Verstorbenen geköpft, das kann man nicht ausschließen. Die bereits deutlich nachlassende Totenstarre, die ausgeprägten Leichenflecken zusammen mit der vollständigen Erkaltung der Leiche deuten an, dass der Körper zwischen vierundzwanzig und zweiundsiebzig Stunden tot ist. Mehr kann ich sagen, wenn wir ihn gründlich untersucht und Vergiftungen als Todesursache ausgeschlossen haben. Wenn es soweit ist, schreibe ich einen Bericht für die Polizei, und lade Dich, Nodus, auf ein Käffchen zu mir ein. Ist doch sehr erfreulich, dass wir mal wieder in so netter Runde zusammenkommen. Und dann auch noch in einem derart stilvoll angerichteten Ambiente. Wirklich sehr gelungen, die Generalsanierung!"

Damit war Eisenhart zur Tür hinaus und ließ den Rest der Runde ein wenig verstört und ratlos zurück.

„Was meinen Sie, Eberhartinger, gibt es hier einen Zusammenhang zu dem Bein, das letzte Woche bei uns abgegeben wurde? Ähnliche Funde wurden übrigens auch in allen anderen bayerischen Anatomien gemacht, sodass auch hier ein ganzer Körper ohne Kopf vorliegt, falls alle Körperteile zu ein und derselben Person gehören. Das wollte ich Ihnen an dieser Stelle mitteilen. Allerdings ist die Situation insofern verschieden, als es sich um Präparate aus einem Weiterbildungskurs für Ärzte zu handeln scheint. Das alles ist kurios, da in keinem der Institute die Körperteile über das offizielle Leichenwesen angenommen oder passende Kurse abgehalten wurden. Es liegt daher die Vermutung nahe, dass die Präparate aus einem kommerziellen Betrieb stammen, von denen es ja einige zu geben scheint."

„Ja, wir haben das auf Ihren Anruf hin auch überprüft und uns auch mit der Rechtsprechung auseinandergesetzt. Offensichtlich ist der Handel mit Leichenteilen – juristisch gesehen – rechtens und in der Regierung hat man auch den Eindruck, dass man mit einem solchen Thema – politisch gesehen – keinen Blumentopf gewinnt. Obwohl eigentlich jeder, mit dem ich gesprochen habe, irgendwie ein ungutes Gefühl zu haben scheint, da der Handel mit Leichenteilen ja irgendwie ein ‚Gschmäckle' hat, um es mal vorsichtig auszudrücken."

„Übrigens", setzte Eberhartinger nach, und diesmal hatte er ein verschmitztes Grinsen im Gesicht, „war es genau genommen die Anatomie, die in der Renaissance diesen Industriezweig erst begründet hat. Nachfrage schafft Angebot, oder so ähnlich. Besonders in England gab es ja einen Berufszweig neben dem Bestatter, vielleicht war es auch eher ein Zubrot dieser Zunft, die auf Bestellung der Anatomen passgenau die Leichen anlieferte. Diese wurden aus Gräbern gestohlen, kurz nachdem die Beisetzung stattgefunden hatte, oder einfach nach dem Erhängen vom Galgen abgenommen. Wie Sie bestimmt wissen, gab es sogar die Gebrüder Burk, die in London eine eigene Erstickungstechnik entwickelt hatten, um bei der Beschaffung die Qualität nicht zu beeinträchtigen...

Gut, diese beiden wurden verhaftet", fuhr Eberhartinger fort, „da dann auch für die Ordnungshüter ein Maß erreicht war, das man nicht tolerieren konnte. Eigentlich alles wie heute, die Anatomen hatten wohl einen Premium-Account, und kurz nach Absetzen der Bestellung wurde geliefert. Zwar wohl nicht per Drohne, obwohl ihr Anatomen-Vorfahre Leonardo da Vinci ja bereits ein passendes Fluggerät entwickelt hatte, zumindest auf dem Papier. Wahrscheinlich wäre er der Jeff Bezos der Renaissance geworden und hätte seinen Versandhandel nicht mit Büchern begonnen, sondern mit Leichenteilen, die er aus seiner Garage geliefert hätte."

Vielleicht ganz gut so, dass Leonardo zumindest auf dem Gebiet der Anatomie keines seiner Projekte abgeschlossen hat, musste in Gedanken auch Nodus beipflichten.

„Daher müssen Sie schon verstehen, dass in der Regierung ein wenig der Eindruck zu herrschen scheint, dass Sie als Anatomen vielleicht nur neidisch sind, dass Sie über die letzten Jahrzehnte nicht nur den wissenschaftlichen Anschluss in der Medizin verloren haben, sondern auch auf ihrem ureigensten Gebiet der Medizinerausbildung von kommerziellen Anbietern abgehängt wurden. Außerdem veranstalten ehemalige Kollegen von Ihnen ja auch Wanderausstellungen und liefern Leichenteile auf Bestellung in die ganze Welt."

Jetzt staunte Nodus nicht schlecht, hatte er den Wachtmeister am Telefon doch als eher grobschlächtigen und oberflächlichen Zeitgenossen eingeschätzt, dessen Hauptaufgabe es zu sein schien, einen Großteil der an die Polizei gerichteten Anfragen einfach wegzukalauern.

Dabei hatte Eberhartinger seine Hausaufgaben gemacht und war sogar tief in die Geschichte der Anatomie eingestiegen. Auch seine Analyse der Bedeutung der Anatomie in der Medizinerausbildung hätte so ähnlich auch von einem seiner klinischen Kollegen kommen können. Es war richtig, dass von vielen seiner Kollegen und Kolleginnen an den Universitäten die Weiterbildung von Ärzten und die Weiterentwicklung von Operationstechniken oder medizinischem Material wie Prothesen meist im Unterschied zur Ausbildung von Ärzten nicht als Hauptaufgabe gesehen wurden, sondern eher nebenherliefen. Und zwar an jedem Institut sehr unterschiedlich ausgeprägt und auch nicht immer sehr gut organisiert. Er kannte aber auch die andere Seite der Medaille. Da die Lehre und das Engagement in der Weiterbildung bei der Berufung auf Professuren eher als notwendiges Übel angesehen wurde und keiner jemals Professor wurde, weil er im Unterricht die Studierenden begeisterte, musste man sich besonders in der Forschung auszeichnen statt im Unterricht. Wobei auszeichnen auch nicht bedeutete, dass man wichtige Erkenntnisse zu Tage förderte. Zunächst wurde nur quantifiziert, wie viele Veröffentlichungen jemand hatte und wie hoch der Impact-Faktor (IF) ist, der damit erzielt wurde. Der IF beinhaltet als einziges Qualitätskriterium, wie oft Artikel einer Zeitschrift woanders zitiert werden. Dann wurde noch geschaut, wie viele Forschungsgelder jemand eingeworben hatte. Konnte jemand auf viele Punkte und viel Geld verweisen, das er an die Universität mitbringen konnte, war der Superforscher in der Auswahl gesetzt.

Alles Bullshit-Bingo, wenn man ehrlich war. Aber so waren die Spielregeln an der Universität und er musste sich letztlich eingestehen, dass in der Anatomie die Lehre noch deutlich höher bewertet wurde als wohl in irgendeinem anderen Fach der Medizinerausbildung. Eben, weil nicht ein toller Bürohengst oder Pipetten-Schwinger einfach mal so eine Leiche sezieren und dabei den angehenden Ärztinnen und Ärzten auch noch etwas vermitteln konnte.

Ansonsten wäre er ja auch nicht hier. Selbst als er bis vor zwanzig Jahren noch Forschung betrieben hatte, war er weder heißer Kandidat auf den Nobelpreis, noch der hellste Stern am Wissenschaftshimmel. In dieser Situation, in der sich die jungen Wissenschaftler auf befristeten Stellen mit unklarer beruflicher Perspektive sowieso schon zerreißen mussten zwischen Lehre und Forschung, da sollten sie sich auch noch in Weiterbildungskursen für Ärzte hervortun? Und selbst wenn man es dann mal geschafft hatte und eine Professur ergattern konnte, endete der Lauf im Hamsterrad ja nicht. Denn ohne aktuelle Publikationen konnte man keine Fördergelder einwerben, und ohne Forschungsgelder konnte man wiederum keine Experimente mehr machen. Und dann war schnell Ende im Gelände! Dann konnte man dem Nachwuchs kein Forschungsumfeld mehr bieten, die jungen Wissenschaftler blieben weg, und am Ende machte man den Unterricht fast allein.

So war es Nodus selbst ja auch ergangen. Er war zwar mit der Entwicklung nicht unglücklich, aber aus Sicht der Kollegen und der Universitätsleitung war er wohl doch eher zum Lehrdödel und damit Professor zweiter Klasse geworden. Und selbst er, der jetzt wirklich genug Zeit hätte, und auch die Verantwortung über das Leichenwesen, sah keinerlei Veranlassung, von seinen Grundsätzen bei der

Verwendung menschlicher Präparate Abstand zu nehmen, nur um den Wunschvorstellungen der Kliniker oder der Industrie zu entsprechen. Zumal sich damit die Katze auch in den Schwanz biss, da man nie wissen konnte, wie viele der Körperspender aus ihrem Verzeichnis tatsächlich in einem Jahr sterben würden. Man wünschte ja auch allen ein langes und glückliches Leben. Und wenn sie dann den Unterricht für buchstäblich tausend Studierende zu organisieren hatten, dann konnten sie eben nicht für irgendeinen internationalen Kongress in zwei Jahren zwanzig Köpfe zusichern, wie sich die Kollegen das manchmal vorstellten. Er hatte schon oft überlegt, ob die Lösung für dieses Problem wäre, an den Anatomien eine eigene unabhängige Abteilung einzurichten, die sich nur um die Weiterbildung kümmerte. Aber wenn man mal ehrlich war, dann war das Feld der Interessenten von solchen Kursen ebenso breit wie lang. Natürlich gab es diejenigen, die einen aufwendigen Kurs für Lappenplastiken organisierten, bei denen die Ärzte lernten, wie man zum Beispiel nach Verbrennungen defekte Hautstellen wieder decken konnte. Oder Kollegen, die komplizierte Eingriffe wie die Entfernung des Mastdarms aus dem Becken bei einem Tumor lieber an einer Leiche üben wollten als an einem echten Patienten. Das wünschte sich wohl jeder, spätestens wenn er selbst mal unter das Messer musste. Man würde kaum gutheißen, wenn einem der Operateur nach dem Eingriff eröffnete, es wäre zwar einiges schiefgelaufen, aber es war auch immerhin sein erster Versuch gewesen.

Gut, der Tumor wäre noch da, dafür habe er als Chirurg die Harnblase so verletzt, dass man sie entfernen musste und stattdessen einen Dauer-Katheter eingesetzt. Was ja alles nicht so schlimm sei, da er, der Patient an dem Tumor sowieso bald versterben würde, malte sich Nodus einen in einer solchen Situation möglichen und sicher sehr gespenstischen Monolog aus.

Leider gab es da aber auch das andere Ende des Spektrums, bei der ein als Weiterbildungskurs getarnter Shopping-Ausflug wohlhabender russischer Schönheits-Chirurginnen noch mit einem anatomischen Kurs zur Lippenaufspritzung garniert werden sollte. Diese Kurse konnte man zwar ablehnen, den Bedarf aber dadurch nicht reduzieren und am Ende würde sich dafür dann doch wieder irgendein kommerzieller Anbieter finden.

Wie Eberhartinger richtig angemerkt hatte, bestand also die gleiche Situation wie in der Renaissance, nur diesmal getrieben durch einen kapitalistischen Markt, statt wie damals ein ehrliches medizinisches Forschungsinteresse der Anatomen selbst, die den menschlichen Körper ergründen wollten. Die einzige Möglichkeit war, dass es juristische Auflagen gäbe, um zumindest den Missbrauch zu verhindern. Aber selbst wenn ein schriftliches Vermächtnis mit einer genauen Erläuterung der geplanten Eingriffe nach dem Tod gefordert würde, würde sich kaum etwas ändern. In den USA war man nämlich schon so weit. Das wusste Nodus von den internationalen Anatomen-Konferenzen, die er besuchte, um sich einen Eindruck von der jeweiligen Situation seiner Kollegen in den verschiedenen Teilen der Welt zu machen. Dort konkurrierten die kommerziellen Anbieter offen mit den Anatomien. Und auf ihren hochprofessionell gestalteten Webseiten warben sie natürlich mit den höchst sinnvollen Weiterbildungsinhalten, die auch Nodus gerade in den Sinn gekommen waren. Wie sollte ein Normalsterblicher da entscheiden können, wem er seinen Körper vermachen sollte. Einer Universität oder einem „Wissenschaftlichen Institut"? Diese Situation war für Nodus und seine Kollegen in der Anatomie ein echtes, aber scheinbar unlösbares Problem.

„Mein Kompliment, Eberhartinger", konstatierte Nodus.

„Aber wie geht es jetzt hier weiter? Werden Sie zu den abgetrennten Körperteilen auch ermitteln und sehen Sie hier einen Zusammenhang?"

„Herr Professor, da muss ich Sie enttäuschen. Ihr Bein und auch die anderen Teile sind nicht unser Problem, auch wenn wir nicht beurteilen können, ob dieses eher bei Ihnen und ihrem organisatorischen Talent liegt oder wirklich einem nicht-universitären Anbieter hier ein Fehler unterlaufen ist. Wir konzentrieren uns auf diese Leiche ohne Kopf, wobei wir erst mal das Obduktionsergebnis von Professor Eisenhart abwarten werden. Dann schauen wir, ob wir bei einem genetischen Abgleich einen Eintrag in unseren Datenbanken finden. Vielleicht handelt es sich ja um einen altbekannten Vertreter des kriminellen Milieus, der irgendjemandem zu unbequem geworden ist. Oder eine Vermisstenanzeige gibt uns einen Impuls in eine Ermittlungsrichtung. Wir melden uns bei Ihnen, wenn wir etwas dazu herausgefunden haben und den Fall abschließen können."

Sektion 16

Nodus war eigentlich zufrieden mit dem bisherigen Lauf der Dinge, soweit man das in einer solchen unangenehmen und verstörenden Situation überhaupt so sagen konnte. Er hatte seinerseits jedenfalls alles zur Aufklärung Mögliche beigetragen. Trotzdem zog er sich nach seiner Vorlesung erst einmal in sein Büro zurück, um über einer Tasse Tee in Ruhe nachdenken zu können. Gut, dass sein Kabuff im dritten Stock unter dem Dach so abgelegen war, dass es kaum vorkam, dass sich irgendjemand aus dem Haus bis zu ihm verirrte. Die meisten Anfragen betrafen sowieso den Kursverwalter, da die Studierenden entweder einen benoteten Schein ausgestellt haben wollten, oder, bevor dies möglich war, Atteste für Nichtantreten von Prüfungsversuchen nachreichen oder sich beklagen mochten, warum nach vier erfolglosen Versuchen nicht noch eine Chance angeboten werden konnte. Nodus hatte im Laufe seiner fast 40-jährigen Laufbahn inzwischen wohl nahezu alles gehört, was einem auf dem Gebiet der Ausreden einfallen konnte.

Jetzt brauchte er seine Ruhe. Vor dem Leichenfund heute Morgen war sein letztes Problem in dieser Angelegenheit gewesen, dass ihn Stefan Calcar von Body parts Inc. vor dem Wochenende versetzt hatte. Und das, nachdem er zuvor richtiggehend auf ein persönliches Treffen gedrängt hatte. Gut, Problem war es keins, sondern eigentlich nur ein weiteres Ereignis in dieser Serie an Vorkommnissen, die seit Beginn der letzten Woche irgendwie kein stimmiges Bild ergeben wollten. Da sie aber alle zu sonderbar waren und nicht vergleichbar mit irgendeinem anderen Geschehen während seiner Karriere, war für Nodus klar, dass die Geschehnisse in einem Zusammenhang stehen mussten. Auch wenn er diesen beim besten Willen nicht erkennen konnte.

Nodus rief noch einmal unter der angegebenen Telefonnummer an, diesmal meldete sich aber nicht mal der Anrufbeantworter. Komisch war das alles, aber eine Vermisstenanzeige einer ihm nicht persönlich bekannten Person konnte er schlecht bei der Polizei abgeben. Er konnte sich die Reaktion von Eberhartinger schon in den schönsten Farben ausmalen. So auf die Art:

„Erst ein Bein, dann ein Körper ohne Kopf, und jetzt ein vermisster Ansprechpartner irgendeiner Firma. Wie viele Arme und Beine soll der Herr denn gehabt haben?"

Oder: „Gibt es vielleicht noch einen zweiten Menschen in München, der gerade nicht ans Telefon geht, weil er womöglich auf dem Klo sitzt? Dann holen wir doch das Sondereinsatzkommando und brechen alle Wohnungen und Firmensitze auf, deren Bewohner oder Inhaber sich am Telefon nicht melden. Mit welcher Straße fangen wir an?"

Nein, die Vorstellung an das Gespräch allein war schlimm genug. Das musste sich Nodus nicht geben. Er würde sich da wohl einfach gedulden und abwarten müssen. Geduld war allerdings noch nie seine größte Stärke gewesen.

Sektion 17

Die Biergärten machten München für Nodus erst so richtig lebenswert. Er war ja nun kein echter Münchner, also einer, der auf mehrere Generationen verweisen konnte, die möglichst nie einen Wohnsitz außerhalb der Stadt hatten beziehen müssen und wenn, dann nur sehr unwillig und für möglichst kurze Zeit. Nodus war im Allgäu aufgewachsen und zur Schule gegangen und dann für das Medizinstudium ins ferne Unterfranken nach Würzburg ausgewandert. Erst mit seiner Berufung auf die Professur für Anatomie war Nodus schließlich nach München gekommen. Da war er auch schon Mitte dreißig gewesen. Das „Mia san Mia", das man den echten Münchnern nicht zu Unrecht nachsagte, war Nodus daher fern. Die gemeinsame Gemütlichkeit der Bierzelte war nichts für ihn. Dazu war er zu sehr Einzelgänger. Und dennoch konnte er nur zu gut nachvollziehen, was die Münchner an dieser Stadt liebten. München konnte es auf der einen Seite beinahe mit der kulturellen Vielfalt echter Metropolen wie Berlin, London oder Paris aufnehmen. Auf der anderen Seite aber war es so gemütlich und traditionell geblieben wie sonst nur um ein Vielfaches kleinere Städte. Und zu dieser Gemütlichkeit trugen besonders auch die Biergärten bei. Heute stand Nodus der Sinn nach einem kleineren und beschaulicheren Gartenlokal. Daher schwang er sich auf sein Rad und fuhr zur Inselmühle, oder besser gesagt zum Biergarten an der Insel Mühle, der hinter dem vorzüglichen Speiselokal angelegt war. Direkt an der Würm gelegen, die als rauschender Bach die Ostgrenze der Gartenanlage darstellte, war der gesamte Platz von hohen Kastanien beschattet, unter denen die Biergarnituren in kleinen Gruppen angeordnet waren. Gegenüber dem Fluss war ein Kinderspielplatz angelegt, sodass man auch gerne mit kleinen Kindern herkam. Entsprechend war auch das Publikum bunt gemischt und umfasste alle Altersklassen.

Und dann das Essen! Allein der Gedanke daran zauberte Nodus ein glückliches Lächeln auf die Lippen. Nodus war jedes Mal fasziniert, dass bei den Ripple kein Steakhaus oder irgendein anderes Lokal mithalten konnte. Das Fleisch war immer saftig und hatte ein Aroma, dass nicht nur nach irgendeiner Standard-Marinade schmeckte, sondern würzig und lecker. Ein besonderer Genuss war es für Nodus, die blendend weißen Knorpelenden der Rippen vorne am Rippenbogen zu zerkauen. Jedes Mal war er verwundert, dass sich das feine Rippenfell auf der Innenseite der Rippen wie eine Membran abziehen ließ und auf der Zunge zerging. Eigentlich unvorstellbar, wie man ohne anatomisches Grundwissen überhaupt Ripple vollumfänglich genießen konnte. Dazu noch eine Portion Pommes frites, die man in die mit grünen Pfefferkörnern verfeinerte Sauce dippen konnte, die mit den Rippchen serviert wurde. Oder vielmehr angerichtet. denn wie in jedem Biergarten gab es ja auch hier Selbstbedienung. Dazu noch eine Weißweinschorle, und Nodus war glücklich. Dann ließ er sich die Sonne ins Gesicht scheinen, die sich im Westen zum Untergang neigte und dabei über den Zaun des Biergartens strahlte, und genoss seine Mahlzeit. Es klang vielleicht komisch, aber damals, als Nodus vor gut zwanzig Jahren einen Ruf nach Wien erhalten hatte, war es nicht zuletzt die Biergartenkultur gewesen, die er den Heurigen vorgezogen hatte. Und das, obwohl Wien aus anatomischer Sicht natürlich ein Mekka war. Zumindest war es das früher einmal gewesen, als bedeutende Anatomen wie Hyrtl, Pernkopf und Ferner die Wiener Anatomie geleitet hatten. Pernkopf war leider ein fanatischer Nazi gewesen und hatte sogar seine Antrittsvorlesung in Reichsuniform gehalten, was die Verdienste um seinen Anatomieatlas seither zu Recht überschattete. Die fast schon übernatürliche Detailtreue der Bilder in diesem Atlas war allerdings danach nie mehr erreicht worden. Allerdings waren einige der Abbildungen während des Naziregimes entstanden und höchstwahrscheinlich anhand von Präparaten Hingerichteter erstellt worden. Dieser Aspekt durfte bei der Bewertung und der Verwendung der Abbildungen nie unterschlagen werden. Ein Grundsatz, den Nodus auch genau befolgte, seitdem in den letzten zwanzig Jahren viele Ereignisse und Zusammenhänge der Anatomie im Nationalsozialismus ergründet worden waren. In München war es dagegen vor allen anderen Titus von Lanz, der sich mit seinem Werk der „Praktischen Anatomie" verewigt hatte. Und einen „waschechten" Nazi gab es leider mit Max Clara auch in der Münchener Anatomie, der sogar nur aufgrund seines Parteibuchs zunächst in Leipzig und ein paar Jahre später auch in München als Anatom berufen worden war.

Nur wegen mehr oder weniger ruhmreicher Vorfahren im Amt wechselte man heutzutage aber auch nicht seine Arbeitsstelle. Früher mag das so gewesen sein, als der eigene Ruhm wesentlich dadurch definiert wurde, wen man als Fachvertreter beerben durfte. So war es zu erklären, dass die Anatomen in der Zeit vor und nach dem Zweiten Weltkrieg nach der Promotion teilweise bis zu sieben akademische Positionen bekleidet hatten, bis sie schließlich mit einer Berufung nach Wien, Zürich, München oder Heidelberg ihre Karriere krönen konnten. Und auch wenn die Anatomie in Wien zum Zeitpunkt von Nodus Berufung die größte im deutschsprachigen Raum und vielleicht Europas gewesen sein mochte, so hatte es doch einen gewissen Renovierungsstau auf baulicher Seite gegeben, um es mal nett zu formulieren. Seit der Konstruktion im neunzehnten Jahrhundert war hier nicht mehr viel getan worden und sogar die Tische, auf denen die Körperspender präpariert wurden, waren damals noch aus Marmor. Anstelle einer Absaugvorrichtung für Chemikaliendämpfe verfügte jeder Tisch nur über ein Loch für austretende Flüssigkeiten. Das waren dann schon handfeste Unterschiede, da sich Nodus nicht zum Lebensziel gesetzt hatte, die Wiener Kollegen von seinen Ansichten zur Konservierungstechnik zu überzeugen. So war er also in München geblieben und hatte es nie wirklich bereut, auch wenn das Angebot aus Wien zumindest auf dem Papier ein Traum gewesen war. Und aus einem solchen Tagtraum erwachte er gerade wieder, als er von einem seiner Nachbarn angesprochen wurde, dessen Kommen er beim Dösen gar nicht bemerkt hatte.

„Nodus, pass auf, dass du nicht von der Bank kippst. Sonst landest du noch selbst in einem von euren Behältern und anschließend bei den Studenten auf dem Tisch!"

„Wohl, wohl", schmatzte Nodus nur, bis er wieder völlig in Raum und Zeit orientiert war. So ein Ripple-Weißwein-Koma war doch eine Nummer für sich und in seiner Wirkung an einem Sommertag wie diesem nicht zu unterschätzen. Nodus räumte sein Geschirr auf einen der vorgesehenen Tische und schob langsam, aber zufrieden, mit seinem Rad nach Hause.

II
TREMOR

Sektion 18

Nodus wollte eigentlich nur nochmal kurz einen Abstecher zur Anstalt machen, nachdem er gerade am Stachus, wie der Karlsplatz in München genannt wurde, im Kino gewesen war. Da er zu unruhig war, um den Abend wie üblich mit einem Krimi und guter Musik auf der Couch zu verbringen, war er noch einmal aufgebrochen. Das kam bei ihm allerdings sehr selten vor, da er es meist vorzog, direkt nach Hause zu radeln, um sich um seine Hühner und sein Gartenbeet zu kümmern. Gewöhnlich füllte Nodus nach Feierabend im Garten zunächst die Tränke seiner Hühner mit frischem, klarem Wasser auf. Fünf Hühner hatte er sich angeschafft, die sich in dem mit einem Zaun eingefriedeten Bereich unter den beiden Apfelbäumen in seinem Garten sichtlich wohl fühlten und meist einträchtig in der Erde scharrten. Seinen beiden kräftigen französischen Hühnern konnte Nodus einfach stundenlang zuschauen, da sie urkomisch waren, zum Beispiel, wenn sie im Rennschritt hinter einer kleinen Libelle herjagten oder mit einem Regenwurm kämpften, bevor sie ihn verspeisten. Es waren wunderhübsche Maran-Hühner, Prachtexemplare, jedes drei Kilogramm schwer. Maran-Hühner ließen sich nur ungern anfassen, waren also keine richtigen Familienhühner, deshalb hatte er sie ausgewählt. Als eine richtige Familie konnte man ihn allein ja schließlich nicht mehr bezeichnen. Die Hennen legten täglich zwei bis drei schokoladenbraune Eier, die recht groß waren. Dann gab es auf seinem Mini-Bauernhof noch zwei Araucana-Hühner mit urkomischem Antlitz, beim einen besonders betont durch ihre seltsam anmutenden Ohrbüschel auf beiden Seiten des Kopfes, beim anderen durch einen pechschwarzen langen Kehlbart. Beim Beobachten ihrer ruckartigen Bewegungen konnte man sich schier kaputtlachen und war gleich bester Laune, auch wenn einem die Studenten zuvor mal wieder übel zugesetzt hatten. Die beiden Araucana-Hühner legten die wunderschönsten blaugrünen Eier, manchmal sogar tief türkisblau gefärbt — und an Urlaube am Mittelmeer erinnernd —, die auch noch vorzüglich schmeckten und sogar einen geringeren Cholesteringehalt aufweisen sollten als andere Eier. Zu guter Letzt hatte er sich im Frühjahr auch noch ein einzelnes aus Indonesien stammendes Ayam Cemani-Huhn angeschafft, obwohl er wegen ihres höheren Aggressionstriebes erst gezögert hatte. Doch hatte er zuvor schon oft mit dieser Hühnerrasse, den Gothics unter den Hühnern, geliebäugelt. Sie waren komplett schwarz gefärbt — schwarzes Gefieder, schwarze Augen, schwarze scharfe Krallen, schwarze Knochen, schwarze Haut, ja sogar schwarzes Fleisch sollten sie haben. Das aber hatte er selbst noch nicht nachgeprüft — das Präparieren eigener liebgewonnener Hühner zu Hause zu Nahrungszwecken schien selbst ihm, dem eingefleischten Anatomen, zu abwegig und zu brutal. Zu erklären war diese komplette Schwarzfärbung durch die sogenannte Fibromelanosis, eine Hyperpigmentierung, die ein wohl seltenes, aber anscheinend natürliches genetisches Charakteristikum zu sein schien und durch gezielte Züchtung zur pechschwarzen Färbung des Höllenhuhns beitrug. Das Ayam Cemani legte cremefarbene Eier, sodass er sich nun täglich über eine bunte Mischung vorzüglicher Eier freuen konnte, die seinen Eigenbedarf um ein weites überstiegen, sodass er überschüssige Eier großzügig an seine Nachbarn und Kollegen verschenkte. Die Hühner liefen in ihrem abgegrenzten Gartenstück frei herum und suchten sich ihr Futter weitestgehend selbst. Durch seine Hühner fühlte sich Nodus zumindest in seinem Garten nicht mehr so alleine. Deshalb hatte er den Hühnern auch Namen gegeben und redete mitunter gerne mit ihnen, obwohl ihre Antworten bisweilen nicht sehr geistreich waren. Sogar einen kleinen Stall hatte er für seine kleine Hühnerschar gebaut, obwohl er handwerklich nicht gerade sehr begabt war. Aber nun war er unglaublich stolz auf sein Werk. Und anscheinend fühlten sich die Hühner darin wohl. Den Winter konnten sie wohl kaum draußen in der Kälte verbringen und auch nachts oder bei starker Sonneneinstrahlung brauchten sie einen gemütlichen Unterstand.

Nachdem er die Hühner versorgt hatte, setzte er sich für gewöhnlich eine Weile auf seine gusseiserne Bank unter der Weide und ließ den Tag Revue passieren. Danach holte er sich oft einen alten Weidenkorb, ging zu seinen im hinteren Bereich angelegten Hochbeeten im sonst eher verwilderten Garten neben dem Hühnerareal und holte sich eine dicke Rote Beete und ein paar Karotten. Außerdem schnitt er sich einen großen Salat ab. Seit geraumer Zeit, genauer gesagt, seit dem Unglück, beschäftigte er sich sehr gerne im Garten, wühlte mit bloßen Händen in der Erde und baute sich einen Großteil seines Gemüses selbst an. Eigentlich war dies die Aufgabe von Crista gewesen, die ihr Herzblut in den Garten investierte, er selbst hatte eigentlich keinen grünen Daumen und auch keine Lust auf Gartenarbeit gehabt. Aber dann hatten ihm die tollen selbstgezogenen Knollen seiner Frau so gefehlt, dass er begonnen hatte, sich selbst zunächst mit der Anzucht von Kartoffeln zu beschäftigen. Schließlich probierte er auch noch ein paar andere Sachen aus und das mit Erfolg. Er ging dann zu seinem Kartoffelbeet und holte sich eine ordentliche Anzahl seiner noch im Beet verbliebenen Knollen direkt aus der Erde, die er sich zum Abendessen zubereiten wollte. Eine bunte Mischung aus Bamberger Hörnchen, Blaue Neuseeländer, Vitelotte und Heiderot-Kartoffeln. Die französischen Trüffelkartoffeln, die Vitelotte, waren einfach vorzüglich und man konnte aus ihnen und einem ordentlichen Stück Mimolette-Käse die leckersten blauen Chips ganz einfach selbst herstellen. Jetzt fehlten ihm nur noch ein paar Äpfel, um sich mit seinem edlen Entsafter aus ihnen, der roten Beete und den

Karotten einen gesunden, blutroten Saft zu pressen. Vitamine in anderer Form nahm er kaum zu sich. Aber auf diesen Saft schwor er.

*

Heute hatte er diese Abläufe nur in Gedanken genossen und war anschließend ins Kino gegangen. Hier hatte er sich den neuen Film von Quentin Tarentino angesehen, und wie öfter war er sich nach dem Film nicht ganz sicher, ob der Film wirklich sehr gut war, oder eigentlich doch nur ein blutiges, nicht enden-wollendes Massaker. Gut, „Inglorious Basterds" und „Django Unchained" waren Ausnahmen gewesen, aber sonst hatte er bei allen Filmen, die nach „Pulp Fiction" erschienen waren, den Eindruck, dass bei Herrn Quentin doch auch einiges im Argen lag, was die Konfliktbewältigungsstrategien anbelangte. Nach dem Kinobesuch wollte er eigentlich nur schnell seine Bürotasche holen, die er nicht hatte ins Kino mitschleppen wollen, als er beim Öffnen der Tür der Anatomischen Anstalt bemerkte, dass diese nicht richtig verschlossen, sondern stattdessen lediglich angelehnt war. Das passierte hier am Seiteneingang in der Schillerstraße immer mal wieder, wenn die Tür beim Schließen nicht richtig ins Schloss fiel. Am großen Hauptportal der Anstalt mit seinen geteilten Flügeltüren konnte das nicht geschehen. Daher dachte sich Nodus auch nichts weiter dabei und nahm das Treppenhaus in den dritten Stock, wie immer ohne zuvor das Licht anzuschalten. Er kannte sich hier in der Anstalt so gut aus, dass das durch die großen Fenster hineinfallende Mondlicht genug Orientierung für ihn ermöglichte.

Gerade wollte er mit seinem Schlüssel die Türe zu seinem Büro im Ostflügel öffnen, als er aus dem Augenwinkel eine Bewegung im Halbdunkel wahrnahm. Ohne, dass er sich den Grund erklären konnte, lief es ihm jetzt eiskalt den Rücken hinab.

Jetzt reiß dich mal zusammen, alter Junge, redete er sich zu.

Du siehst schon Leichen wo keine sind, und obwohl du weißt, dass du mehr Leichen im Keller hast als die meisten anderen normalen Menschen. Von hochkarätigen Politikern vielleicht mal abgesehen, die eigentlich alle bei ihm in die Lehre gehen könnten, wie man es schafft, einen ganzen Keller voller Leichen schön in Ordnung zu halten.

Es gelang ihm aber nicht, seine Angst zu zügeln. Und nackte Angst war es, was er nun verspürte. Es war einfach nicht normal und auch nicht erklärbar, wie es sein konnte, dass neben ihm zu dieser Uhrzeit noch jemand im Haus sein sollte. Nirgendwo hatte in den Labors oder Büros noch Licht gebrannt, zumindest soweit er das von der Straße her hatte einsehen können.

*

Er überlegte kurz, was er jetzt am besten tun sollte. Natürlich könnte er sich einfach in seinem Büro einschließen und darauf hoffen, dass es sich wie meist bei ungebetenen Besuchern im Bahnhofsviertel um einen Junkie handelte, der nur ein ruhiges Fleckchen suchte, um sich den nächsten Schuss zu setzen. Wiederholt waren bereits die Opfer morgens auf den Toiletten aufgefunden worden, wenn es mit der Dosis-Kalkulation nicht so richtig geklappt hatte. Wenn er das jemandem erzählte, erntetet er oft den Schenkelklopfer, dass dies ja bestimmt sehr praktisch sei, weil man dann endlich wieder jemanden zum Sezieren hätte. Inzwischen hatte er es aufgegeben, jeden dieser Möchtegern-Gottschalks darüber aufzuklären, dass dies ja bei fehlendem Vermächtnis nicht möglich sei. Daher beließ er es meist bei einer einsilbigen Bemerkung. Da sich diese Vorkommnisse gehäuft hatten, gab es seit der Generalsanierung in allen Waschräumen und Toiletten blaues Licht, das die Venen am Körper der Drogenabhängigen unkenntlich machte, sodass eine Injektion nicht möglich war.

*

Der Nachteil an dem Plan war, dass er dann in seinem Büro am Ende des Flurs festsitzen und im schlimmsten Fall bis zum nächsten Morgen ausharren musste, bis wieder Leben im Haus war. Großartig, darauf hatte er überhaupt keine Lust, sehnte er sich doch inzwischen nach seinem Bett. Er hatte auch nach der Verfolgungsjagd am See mehr als genug von nächtlichen Abenteuern.

Daher machte er jäh auf dem Absatz kehrt und stürmte ins kleine Zusatztreppenhaus direkt in seinem Rücken, das bei der Sanierung eingerichtet worden war, um für die vielen Seminarräume im Ostflügel genügend Zugänge und Fluchtmöglichkeiten im Falle von Bränden sicherzustellen. Er sah noch aus dem Augenwinkel, wie sich am Ende des Flures ein Schatten aus dem dunklen Hintergrund löste und seine Verfolgung antrat. Dann war Nodus aber schon durch die Glastür und hastete die Treppen nach unten. Er war noch nicht ganz im Erdgeschoss angelangt, als er seinen Verfolger auf den Treppen hören konnte. So wie dieser schnaufte, war Treppenlaufen nicht dessen stärkste sportliche Disziplin. Auch schien es sich um einen nicht ganz zierlichen Menschen zu handeln, wenn er die Lautstärke der Geräusche richtig interpretierte. Irgendwas stimmte auch nicht mit der Art, wie sich der Mann – Nodus war inzwischen sicher, dass keine Frau solche Geräusche von sich geben würde – nach unten bewegte. Er schien irgendwie zu hinken oder zumindest das eine Bein nicht richtig zu belasten. Für mehr Überlegungen fehlte Nodus die Zeit, da er jetzt unten angekommen war und sich zunächst dem Ausgang der Schillerstraße zuwandte. Bis zu S-Bahn würde er es wohl nicht schaffen, ohne dass ihn sein Verfolger einholen würde, da Sprinten nicht zu Nodus Stärken zählte und die Strecke knapp einen Kilometer betrug. Daher machte es keinen Sinn, einfach kopflos auf die Straße zu stürzen. Sein Van stand im Hof, da er abends nur ungern die S-Bahn nach Hause nehmen wollte. Das versuchte er möglichst zu vermeiden, seitdem die Stammstrecke saniert wurde, was zur Folge hatte, dass nachts fast kein Zug so verkehrte, wie er sollte, sondern entweder zu anderen Zeiten oder von anderen Gleisen und Plattformen.

Daher machte er, wie er bald herausfinden sollte, einen entscheidenden Fehler. Er bog statt nach rechts zur Schillerstraße nach links in den Mitteltrakt der Anatomischen Anstalt ab. Während in den drei Obergeschossen ein gut einhundert Meter langer Gang den ganzen mittleren Gebäudeabschnitt durchspannte, in dem er ohne Hindernisse entsprechend schnell vorwärtsgekommen wäre, war die bauliche Situation im Erdgeschoss aufgrund der Unterbringung der Prosektur anders. Die Prosektur war der Bereich, in den von den Bestattern die Verstorbenen gebracht und nach Abschluss der anatomischen Studien auch wieder abgeholt wurden. Daher war dieser Bereich durch Türen, zu denen auch nur einzelne berechtigte Personen Zutritt hatten, vom Rest des Gebäudes abgetrennt und elektronisch gesichert, sodass der Gang durch diesen Flurabschnitt unterbrochen wurde. Außerdem musste Nodus im Dunkeln erst einmal den Sensor für den Türöffner finden. Dies kostete ihn wichtige Sekunden und damit vielleicht lebensrettende Teile seines Vorsprungs. Bisher hörte er zwar seinen Verfolger nicht, sodass schon eine leise Hoffnung in ihm aufkeimte, dieser hätte von ihm abgelassen und stattdessen den Weg nach draußen gesucht.

Leider währte die Hoffnung nicht lange, denn kaum hatte Nodus die Tür hinter sich ins Schloss geschlagen, als er von der anderen Seite einen Wutschrei hörte, der sogar ihm als hartgesottenen Anatomen die Knie weich werden ließ. Kurz erinnerte ihn das Gebrüll an die Laute, welche die

Wrestler in den Fernsehübertragungen aus Amerika ausstießen, wenn sie sich vom Rand des Rings zum vernichtenden Schlag auf ihre Gegner stürzten, die bereits wehrlos auf dem Boden des Rings lagen.

Nodus lauschte gespannt, denn die Türe war massiv genug, um eine wirksame Barriere zu bilden, die nicht einfach zu überwinden war. Wie die Haut, schoss es ihm unsinnigerweise noch durch den Kopf, wohl, weil er früher in seiner aktiven Forschungszeit an der Schrankenfunktion der Haut gearbeitet hatte. Eigenartig, wie das Gedächtnis doch funktionierte, dass einem in Momenten größter Panik genau das wieder in den Sinn kam, was man doch seit vielen Jahren für verschüttet gehalten hatte. Nodus verdrängte den unnützen Gedanken, hielt sich an die Wand der Außenmauer gepresst und näherte sich dem Zugang zum Fixierungsraum, in dem die Körperspender vorbereitet wurden. Mit ein bisschen Glück hätte der Spuk jetzt ein Ende. Dass dem nicht so sein sollte, zeigte ein ohrenbetäubendes Geräusch, das mit einem Splittern einherging, als einer der Holzsärge mitten durch die Glaseinsätze der Tür in den Gang geflogen kam und krachend auf dem Terrazzoboden in Splittern zersprang. Mehr Informationen brauchte Nodus nun nicht, um sich ein Bild von der Anatomie seines Verfolgers zu machen, da er das nicht einmal zu seinen besten Zeiten geschafft hätte. Allerdings war die Disziplin, zugegeben, auch eigenartig und nicht Teil des olympischen Sportarten-Kanons. Wer einen gut ein Meter achtzig langen und bestimmt siebzig Kilogramm schweren Sarg mit einer solchen Wucht durch eine massive Glastür katapultieren konnte, gehörte nicht zur Gruppe Mensch, der Nodus nachts in der Anatomie begegnen wollte. Es sei denn, sie lägen friedlich auf einem seiner Tische und hätten statt Blut Formalin in den Adern.

Sektion 19

Dies traf in dieser Situation aber nicht zu, sodass Nodus schnell die Tür zum Fixierungsraum öffnete und hindurchschlüpfte, um nicht mitansehen zu müssen, welche Kreatur sich gleich durch die gesplitterten Überreste der Türscheibe Zugang zur Prosektur verschaffen würde. Was in Anbetracht der Scherben, die noch im Türrahmen verankert waren, bestimmt auch eher als weniger lustvoll einzustufen war.

Nodus bemerkte sofort, dass von den beiden Fixierungsliegen nur eine belegt war, auf der gerade ein Patient seine Formalin-Infusion erhielt, damit er auch weiterhin so schön blieb wie zum Zeitpunkt des Todes. Kurz erwog er, ob er sich nicht schnell auf die andere Liege legen und eine Folie über den Kopf ziehen sollte in der Hoffnung, das Täuschungsmanöver könnte erfolgreich sein, und der Verfolger von dannen ziehen. Andererseits wäre seine Haut zu warm und inzwischen auch zu verschwitzt, um selbst bei flüchtiger Betrachtung als die Haut eines Toten durchzugehen. Außerdem bezweifelte Nodus, dass er in dieser Situation der Anspannung völlig reglos ausharren konnte und bei Bedarf noch den Atem lange genug anhalten und zu kontrollieren vermochte. Nein, Nodus musste weiter in die angrenzenden Räume, die das Küvettenlager bildeten. Als Küvetten bezeichnete man jene Art von Tanks, in die die Toten auf Liegeblechen eingebracht werden konnten, um sie nach der Durchspülung mit Formalin noch ein paar Monate zu lagern, bis die Körper auch vollends durchdrungen und so haltbar gemacht waren.

Die Anstalt verfügte über zwei solcher Küvettenräume mit jeweils zehn Küvetten. Die Tanks hatten ein Volumen von fünftausend Litern und waren von Deckeln verschlossen, die nur mit einem hydraulischen Kran angehoben werden konnten, da sie viel zu schwer waren, als dass ein oder zwei Präparatoren diese anheben konnten. In jedem Behälter lagen bis zu acht Körper, schön ordentlich immer zwei auf einem Boden der viergeschossigen Träger, wie in einem Stockbett oder einem Schlafwagen der Bahn. Da die Küvetten aber nicht wie in anderen Instituten frei im Raum standen, sondern vielmehr an der Wand halb in den Boden eingelassen waren, gab es in den Räumen keine Versteckmöglichkeiten. Nodus hätte weinen können. Offensichtlich hatte Ernst Unbehagen endlich umgesetzt, worum er ihn seit Längerem gebeten hatte, und endlich mal aufgeräumt und damit alle Transportwägen und anderes Zubehör aus den Lagerräumen beseitigt.

Großartig, das hatte er jetzt von seinem Ordnungswahn! Da er hören konnte, wie die Tür des Fixierungsraums laut ins Schloss fiel, blieb Nodus nicht mehr viel Gelegenheit, um mit seinen oder Unbehagens Marotten zu hadern, sondern brauchte eine Idee, und zwar schnell. Hier unten war es im Unterschied zum Treppenhaus stockfinster, da die Räume keine Fenster hatten, um die Temperatur so konstant wie möglich zu halten, was dank der dicken Mauern der Anstalt auch gut gelang. So gab es, abgesehen vom grünlich fahlen Licht der Notausgangs-Anzeigen, keine weiteren Lichtquellen im Raum.

Nodus hielt sich an die Küvetten gepresst und glitt immer weiter in den Raum, wobei er jede Geräuschentwicklung zu vermeiden suchte. Da fiel ihm ein, dass Ernst Unbehagen gestern die vorletzte Küvette leeren wollte, wie er es einmal im Jahr tat, um die Alkohollösung zu entsorgen, in der sich Formalin-Rückstände sammelten, die aus den Körpern austraten. Diese Küvette konnte er als Versteck nutzen, auch wenn ihm dabei etwas unwohl zumute war. Er hatte sich zwar der Anatomie vermacht, eigentlich aber vorgehabt, erst in ein paar Jahren in einem der Tanks anzukommen. Aber gut, das war in Anbetracht der aktuellen Situation nicht verhandelbar. Wenn er seinen Verfolger nicht bald auf die eine oder andere Weise abschütteln konnte, würde sich das mit dem Vermächtnis sowieso von selbst erledigen, da Nodus nicht den Eindruck hatte, dass sein Verfolger großen Respekt vor der Integrität des menschlichen Körpers hatte. Höchstwahrscheinlich würde man vielmehr die Spende von Nodus Körper ablehnen müssen und er würde doch auf der anderen Seite des Hofes in der Rechtsmedizin enden. Ein Jammer, wenn man die aktuelle Situation von dieser Seite betrachten wollte.

Wollte Nodus aber nicht, jedenfalls noch nicht! Er würde sich nicht geschlagen geben oder es seinem Verfolger besonders einfach machen. Daher riss sich der Anatom die Klamotten vom Leib, was in einer solchen Situation natürlich viel langsamer vonstatten ging als ihm lieb war, und warf das Kleiderbündel in eine hintere Ecke der Küvette. Anschließend wuchtete Nodus sich flach auf den gefliesten Rand der Küvette und schob sich auf dem Rücken liegend in den flachen Spalt zwischen Wand und Küvetten-Deckel auf das oberste Lochblech. Sofort bekam er eine Gänsehaut, als er bis zum Bauch in eine kalte Flüssigkeit eintauchte. Unbehagen hatte also bereits neue Flüssigkeit zugesetzt, die neben vierzig-prozentigem Alkohol auch noch ein paar andere Chemikalien enthielt, die man keinem lebenden Menschen zuteilwerden lassen wollte. Höchstens in Anti-Aging-Cremes, aber auch da nicht mit so großflächiger Anwendung. Trotzdem gut, dass sie bereits seit einigen Jahren bei der Leichenlagerung auf stark giftige Substanzen wie Formalin oder gar Phenol verzichteten.

Sektion 20

Großartig! durchfuhr es Nodus. Jetzt wirst du bei lebendigem Geist konserviert.

Das war ja fast so gruselig wie in den Anatomie-Thrillern, die in den neunziger Jahren an der Universität Heidelberg spielten. Ändern konnte er an der klischeehaften Situation jetzt ohnehin nichts mehr, denn nass aus dem Tank zu schlüpfen, um unbemerkt in die Richtung zu verschwinden, aus der er gekommen war und wo er seinen Verfolger vermutete, wäre wohl kaum von Erfolg gekrönt. Auch wenn das Ergebnis jetzt vielleicht sogar gleich sein würde.

Endlich hatte er einen Moment zum Verschnaufen und bemerkte, wie sein Herz wild schlug und das Blut hinter seiner Stirn pochte. Zum wiederholten Mal fragte er sich, wer der Verfolger wohl war. Ihm wurde heiß und kalt, als er an die Auto-Attacke vom Wochenende dachte. Zuvor hatte er in der letzten Woche bereits den Eindruck gehabt, dass er verfolgt oder zumindest beschattet worden war. Jedenfalls saßen wiederholt Leute in ihren Autos und taten auffallend oft und auffällig intensiv nichts, als er mit seinem Rad aus der Anatomie auf die Pettenkoferstraße eingebogen war. Aber das war es auch schon und vielleicht hatte er sich in der allgemeinen Angespanntheit auch einfach nur etwas eingebildet. Wobei der schwarze Chevrolet Suburban mit den verdunkelten Scheiben, der ihm auf seinem Ausflug nach Maising aufgefallen war, schon wieder so auffällig gewesen war, dass man ihn eher in einem amerikanischen Thriller verortet hätte als in der Münchner Innenstadt. Bei dem Überfall, dessen Ziel ganz eindeutig gewesen war, Nodus am Wegrand zu überfahren, war alles viel zu schnell gegangen, um irgendetwas über den Fahrzeugtyp sagen zu können. Auf der Straße war es auch zu dunkel gewesen, um den Fahrer auszumachen. Es waren aber eindeutig zu viele Zufälle, um anzunehmen, dass die Beschattungen, wenn es denn welche waren, und der Auto-Angriff völlig voneinander unabhängige Ereignisse sein könnten.

Zusammen mit der Verfolgung in der Anatomie, bei der nicht einmal vor brachialer Sachbeschädigung zurückgeschreckt wurde, waren die Ereignisse ein deutlicher Hinweis, dass Nodus mit seinen Nachforschungen bei „Body part Inc." jemandem gehörig auf die Füße gestiegen war. Falls er diese Nacht überlebte, würde er sich nochmal an die Polizei wenden. Diesmal würde er sich aber nicht von einem Wachtmeister abwimmeln lassen, sondern vielmehr selbst Anzeige gegen Unbekannt erheben wegen... tja, weswegen eigentlich? Hoffentlich nur wegen Einbruchs und versuchter Körperverletzung und nicht wegen Mordversuchs. Dazu war es zwar noch nicht gekommen, aber Nodus bezweifelte, dass er in einem solchen Fall die Anzeige in eigener Sache noch persönlich machen könnte.

Momentan würde es auch eher nach einem gelungenen Selbstmordversuch aussehen, da er sich ja gerade selbst konservierte. Seine Hände und Füße wurden zunehmend taub und ihm wurde schrecklich kalt. Die Raumtemperatur lag bei sechzehn Grad und die der Flüssigkeit damit auch. Bei so etwas konnte man auf Dauer auskühlen. Nicht zuletzt bemerkte er auch eine Leichtigkeit, die sich in seinem Körper ausbreitete wie ein wohliger Rausch. Ein Bad in vierzigprozentigem Alkohol war doch wohl auch für die Hautbarriere etwas zu viel des Guten und dabei eine nicht unerhebliche Resorption von Alkohol durch die Haut nicht zu vermeiden. Wenn Nodus jetzt also nicht von seinem Angreifer gefunden werden sollte, dann wäre interessant, ob er zunächst fixiert werden oder vorher an Unterkühlung und Alkoholintoxikation versterben würde. Ohne es genau zu wissen, meinte er, dass eine der beiden letzten Möglichkeiten die Beste der vier Optionen darstellte, auf die ihn in der nächsten Stunde das Zeitliche segnen könnte. Einen guten Aspekt hatte die Konservierung schließlich,

Atmung und Puls verlangsamten sich zunehmend, sodass er bald kaum mehr von einem der anderen Körperspender im Tank zu unterscheiden sein würde. Hoffentlich würde ihn jemand finden, da er sonst noch eine ganze Zeit hier im Tank liegen würde, bis Unbehagen mal wieder nach dem Rechten sehen würde.

Als er vorsichtig um sich herumtastete, konnte er feststellen, dass die Person neben ihm schon etwas schrumpeliger war als er, sich aber sonst auch noch nicht ganz fest anfühlte. Sein Tank-Genosse war also wohl offensichtlich auch erst seit wenigen Tagen Gast bei ihnen. Er hatte keine Ahnung, wie lange er diese Prozedur noch überleben würde. Ihm kam der Gedanke, dass es schon krass war, wie schnell das Leben drastische Änderungen nehmen konnte. Vor nicht einmal einer Stunde war der Kinofilm zu Ende gewesen, er war auf dem Heimweg und hatte sich auf sein gemütliches Bett gefreut. Und jetzt lag er hier zwar auch auf einer Art Stockbett, aber irgendwie hatte er sich den Ausgang des Abends und zudem auch den Abend seines Lebens anders vorgestellt.

Sektion 21

Jetzt hörte er wieder die schlurfenden Schritte und ein leises Atemgeräusch. Wie vorhin auf der Treppe erzeugte dieses Gangmuster eine vage Erinnerung, aber erneut konnte er den Gedanken nicht zu einem sinnvollen Abschluss bringen. Diesmal aber, weil ihm allmählich die Sinne schwanden. Gnädig, wie er es empfand, da sich so doch deutlich relativierte, welche der vier Optionen gleich auf ihn warten würde. Völlig aus dem Zusammenhang fielen ihm Fetzen aus einer eigenen Vorlesung ein, wenn er verschiedene Gangstörungen erläuterte wie den „Steppergang" oder das „Trendelenburg-Zeichen", bei denen es auch zu einem Schleifen der Fußspitze beim Gehen kommen konnte. Gerade als das Atemgeräusch vor seiner Küvette angehalten hatte und er damit seinem Verfolger so nahe war wie nie zuvor, hörte er noch ein Geräusch.

Seine Aufmerksamkeit wurde aber jäh wieder auf seine unmittelbare Umgebung gerichtet, als ein Arm zu Nodus in den Tank gesteckt wurde und wild um sich grabschte. Zunächst schien es, als könnte der Verfolger nicht unterscheiden, wer von ihnen im Tank nun der wäre, der noch nicht ganz tot war. Zumindest betastete die Hand immer abwechselnd den Körper des Spenders neben ihm und dann wieder Nodus. Nur gut, dass sich Nodus am Eingang ins Küvetten-Lager schnell seiner Kleidung entledigt hatte und nun splitterfasernackt auf dem Holzblech lag, wie es sich für einen Körperspender gehörte. Der Anatom war für einen Augenblick wieder klar bei Verstand, was er wohl dem nicht unerheblichen Adrenalin-Spiegel in seinem Blut verdankte. Ein gutes Zeichen, dachte er, da es doch dafür sprach, dass seine Benommenheit vom Alkohol und nicht von irgendwelchen Fixierungsmitteln rührte. Wenn diese nämlich erstmal die Nervenzellen seines Hirns fixiert hätten, wäre es aus mit der Nervenimpulsübertragung an den

Synapsen. Daran würde auch kein Adrenalin mehr etwas ändern können. Weniger gut war allerdings, dass sich der Eindringling aufgrund seines Tastbefundes doch entschlossen zu haben schien, dass Nodus der von ihm Gesuchte sei und nicht sein Nebenmann. Jedenfalls spürte Nodus, wie die Hand erst seine Schulter umschloss, um sich Richtung Hals voran zu tasten.

Dann wurde das Geräusch außerhalb des Tanks immer durchdringender. Erklären konnte er es sich nicht, aber es handelte sich ganz eindeutig um den Hydraulik-Kran, der sich in wenigen Metern Entfernung auf seiner bogenförmigen Deckenführung in Bewegung gesetzt hatte und sich mit hoher Geschwindigkeit zu nähern schien. Eine Halluzination, meinte Nodus, da außer Ernst Unbehagen und ihm niemand im Haus den Kran bedienen konnte. Sollte das heißen, dass es sich bei dem Verfolger am Ende um seinen langjährigen Mitarbeiter handelte? Hatte er Ernst bei irgendwelchen unlauteren Geschäften ertappt, die er hinter seinem Rücken am Laufen hatte, und war damit Unbehagen der Mittelsmann zu den Leichenhändlern aus Bosnien gewesen oder steckte zumindest mit diesen unter einer Decke? Wenn dem so sein sollte, wogegen zum Glück einiges sprach, einschließlich des Gangbildes, das Ernst zumindest heute Nachmittag noch nicht an den Tag gelegt hatte, dann hatte sein letztes Stündlein jetzt endgültig geschlagen.

Der Kran kam mit atemberaubenden Tempo näher, zumindest wurde das Kettengeräusch immer lauter. Nodus hatte den Eindruck, dass sein Verfolger das Geräusch nicht einordnen konnte, zumal er den Kran vermutlich beim fahlen Licht der Notausgangsbeleuchtung auch nicht sehen konnte. Dann gab es einen dumpfen Schlag. Der Griff um Nodus Hals lockerte sich. Mehr nahm Nodus allerdings nicht mehr wahr, da er sich in einen tiefen, friedlichen Schlummer verabschiedet hatte, in dem er als Kind über die Wiesen des Allgäus sprang.

I
SOPOR

Sektion 22

Ernst Unbehagen öffnete die Tür zur Prosektur. Eigentlich wie an jedem anderen Tag auch. Und doch war nichts wie bisher. Das Schloss war zwar schon längst ausgetauscht und seine glänzende Oberfläche im Kontrast zum über hundert Jahre alten Holz der Türen schon ein Mahnmal für sich. Darum ging es aber nicht. Es ging vielmehr um das Gefühl, das jeder kannte, bei dem zu Hause bereits einmal eingebrochen wurde. Irgendwie fühlte man sich persönlich verletzt und beschmutzt. Irgendwie nicht mehr sicher in den eigenen Wänden zu sein, ungeschützt vor dem Eindringen Fremder in die eigene Intimsphäre. Darum fiel es ihm schwer, dass er heute so wie an jedem anderen Tag auch seine Arbeit verrichten sollte und die Leiche fixieren, die da auf dem Stahltisch lag. Irgendwie konnte er das nicht. Aber was sollte er tun. Bei seinem Kollegen in Erlangen anrufen und ihn bitten, den Körper für ihn vorzubereiten. Das ging auch nicht. Andererseits, wenn er sich krankschreiben ließe, was ihm nach den Ereignissen vor ein paar Tagen niemand verübeln würde, hätten sie die gleiche Situation. Was hätten sie dann getan in der Verwaltung der Anstalt? Das Vermächtnis abgelehnt? Mit welcher Begründung? Zu dick? grübelte er. Naja, da kamen zwar gut hundert Kilo zusammen, aber eigentlich konnte man bei der Körpergröße von einer echten Fettleibigkeit nicht sprechen. Der Mann auf dem Tisch war halt ein wenig handfest, wie man hier so sagte. Ein Mann von Statur; wie jeder Mann mit einem Bauch einfach ein starker Charakter war, eine Person mit Format.

Außerdem wollte Unbehagen in Erlangen auch keinem erläutern, was bei Ihnen vorgefallen war, zumal sich so eine Nachricht wie ein Lauffeuer in der Anatomischen Gesellschaft und damit im ganzen deutschsprachigen Raum verbreiten würde. Und das kam natürlich gar nicht in Frage, da man erst mal in kleiner Runde klären sollte, wem man etwas mitteilen wollte. Eine Art Presseerklärung eben. Er wusste schon immer, dass solche Situationen mal auf ihn zukommen würden, dass er einfach nicht in der Verfassung sein könnte, einen Toten so zu behandeln wie alle anderen sonst auch. Aber es war eben wie bei den meisten Dingen im Leben, die man zwar als Worst-Case-Szenario durchaus gelegentlich im Blick hatte, sie dann aber als höchst unwahrscheinlich so lange verdrängte, bis sie einem fast schon nicht mehr real vorkamen. So war es jetzt.

Vielleicht lag es aber auch eher an ihm selbst und nicht an dem Körper vor ihm. Ernst selbst war bei dem Vorfall vor ein paar Tagen auch spät ins Bett gekommen und hatte es seitdem nicht mehr geschafft, einen erholsamen Schlaf zu finden.

*

Ernst hatte einer Vorahnung folgend nachts noch einmal in der Anstalt vorbeigeschaut und war dafür extra zu Hause vom Sofa aufgestanden und mit dem Auto in die Stadt gefahren. Beides war so ungewöhnlich, dass sich seine Frau schon Sorgen gemacht hatte. Das konnte er an dem langen Blick erkennen, mit dem sie ihn vom Küchenfenster aus bedachte, als er ins Auto gestiegen war.

Da in der Anstalt alles dunkel und auf den ersten Blick wie immer gewesen war, meinte er schon, jetzt auch langsam wie Nodus das Best-Alter für seinen Job überschritten zu haben und einem echten Verfolgungswahn anheimgefallen zu sein. Er öffnete dann aber doch den Hintereingang vom Innenhof und trat sofort in Scherben, die unter seinen Schuhen auf dem Terrazzoboden knirschten. Von da an wusste er, dass hier überhaupt nichts in Ordnung war. Ganz kurz überlegte er, den Lichtschalter zu betätigen, um sehen zu können, was hier zu Bruch gegangen war, und ob sich jemand verletzt hätte. Am liebsten hätte er auch nach Nodus gerufen in der Angst, der alte Zausel könnte irgendwo ausgerutscht und in eine der Glastüren gefallen sein. Bei seinem Gewicht würde jede Tür in tausend Splitter zerfallen, soviel war klar. Aber dann kam ihm der noch viel schrecklichere Gedanke, dass hier vielleicht etwas anderes im Gange war und es Gründe gab, warum kein Licht auf den Fluren brannte. Deshalb beschloss er, sich erst einmal selbst ein Bild von der Situation zu machen. Er schlich weiter und tastete sich bis zum Durchgang zur Prosektur vor. Hier konnte er sofort erkennen, dass die Glassplitter tatsächlich von einer der Gangtüren stammten. Von dieser Tür hier zumindest stand nur noch der Rahmen. Möglichst ohne weitere Geräusche zu verursachen, was aufgrund der Vielzahl an Scherben unmöglich war, trat er durch den Türrahmen und lauschte an der Tür zum Fixierraum. Nichts.

Doch dann hörte er ein leises Scheppern, das, wenn er sich nicht täuschte, aus dem Küvettenlager kam. Daher nahm er sich zusammen, bewaffnete sich im Fixierraum noch mit einem großen Rührstab, den er immer zum Ansetzen der Fixierungslösungen verwendete, und huschte weiter. Im grünlich fahlen Licht der Notausgangbeleuchtung sah er über einem der hinteren Tanks eine Gestalt in gebückter Haltung, so, als wollte sie irgendetwas unter dem spaltweit geöffneten Deckel hervorholen. Die Gestalt war durchschnittlich groß, aber wirkte sehr kräftig, und damit sicher nicht Nodus, der größer und massiger war. Was sollte außerdem der Professor ohne Licht zu dieser Nachtzeit in der Prosektur tun, wo er sich doch schon tagsüber kaum jemals hier blicken ließ. Oder sollte es doch am Ende Nodus sein und Extremitäten von Körpern entfernen, um sie für irgendwelche inoffiziellen Kurse zu verhökern? Das würde die Geschehnisse der letzten Tage in einem anderen Licht erscheinen lassen, vollendete er den verstörenden Gedanken.

Eins war klar, wer auch immer es war, der Eindringling hatte hier nichts verloren und war sogar gewalttätig in das Reich von Unbehagen eingedrungen. Das allein reichte aus für Ernst. Ihm war klar, dass der Eindringling gestoppt werden musste, was auch immer er da tat. Vielleicht füllte er irgendwelche giftigen Substanzen in den Tank mit der Absicht, möglichst viele Mitarbeiter und Studierende zu vergiften? So konnte wohl nur ein Präparator denken, der Formalin und die anderen Substanzen als harmlos einstufte, was für andere das pure Gift sein mochte. Einer Eingebung folgend aktivierte er den Kettenkran, der nur wenige Meter neben dem geöffneten Tank positioniert war. Sofort kam dieser in Fahrt, beschleunigte und krachte mit einem dumpfen Schlag gegen die Gestalt.

Unbehagen konnte nicht sehen, wo der Kran den Mann getroffen hatte. Daher hielt er einen Moment inne und die Luft an, um besser auch leise Geräusche wahrnehmen zu können. Der Körper des Mannes bewegte sich gerade nicht, sondern schien mit dem Kopf voran in den Tank schlüpfen zu wollen, wie es Ernst nun aus der Nähe erschien. Unbehagen war unsicher, was er jetzt tun sollte, und wartete. Ihm erschien es wie eine Ewigkeit, dabei war es wohl nicht mal eine halbe Minute, bis er endlich den Mut hatte, auf den Mann zuzuspringen, um ihn mit einem kräftigen Ruck zurückzureißen. Der Eindringling leistete keinen Widerstand, sondern rutschte aus der Küvette heraus und stürzte rückwärts mit Unbehagen zu Boden, den er unter sich begrub. Nasse Haare fielen Ernst ins Gesicht. Es roch, als hätte der Mann sich für Graf von Krolocks Haarspülung entschieden, jedenfalls traten ihm alleine von den wenigen Spritzern so massiv die Tränen in die Augen, dass er auch bei besseren Lichtverhältnissen für einen Moment nichts gesehen hätte.

Unbehagen schob den leblosen Körper zur Seite und richtete sich zumindest in eine sitzende Position auf. Er zog sich am Rahmen der Küvette hoch und schrie:

„Nodus, NOOOODUUUUS. Wo steckst du? Bist du hier unten?"

Keine Antwort.

Nur ein leises Schmatz-Geräusch kam unter dem Deckel des Tanks hervor, so als wäre jemand gerade gemütlich dabei, einzuschlafen. Ernst hastete zur Eingangstür zurück und betätigte den Lichtschalter. Dann stürmte er zur Küvette zurück und lugte unter den halbgeöffneten Deckel.

Da lag er, eng an eine der Leichen gepresst, und völlig nackt. Nodus! Unbehagen wurde angst und bange. Mit aller Kraft zog er an dem ihm zugewandten rechten Arm des Professors. Dieser bewegte sich zwar etwas, für Unbehagen war aber schnell klar, dass er den Brocken von einem Körper so auf keinen Fall aus dem Tank befreien konnte. Er rief also die 112 und bestellte Notarzt und Polizei, und betätigte dann erneut den Kran. Er hob den Küvetten-Einsatz soweit an, bis die obere Etage der Einsätze über dem Rand der Küvette sichtbar wurde. Jetzt fühlte er den Puls an der Halsschlagader des Professors, war aber unsicher, ob er noch vorhanden war, oder er sich das nur einbildete.

Ernst stemmte sich mit beiden Beinen gegen den Küvettenrand und zog mit Leibeskräften. Der Körper des Anatomen verhakte sich an einem der Träger der Stahlkonstruktion und saß fest. Unbehagen ließ nicht locker und spannte alle Muskeln, um auch die letzten Reserven zu mobilisieren.

Mit letzter Kraft zog er Nodus von dem Lochblech, dessen nasser Körper auf Ernst und mit diesem zu Boden glitt. Unbehagen war unter dem professoralen Gewicht wie von einer Lawine verschüttet. Dazu kam, dass er inzwischen ebenso mit Konservierungslösung einbalsamiert war wie der Professor und einfach zu schwach, um sich zu rühren. Daher blieb er einfach liegen.

Sektion 23

Es dauerte nicht mal zehn Minuten, bis Notarztwägen und Polizei vorfuhren.

Eberhartinger bot sich ein schrecklicher Anblick, als er in das Küvettenlager vorgedrungen war. Auf dem Boden stand eine große Lache einer klaren Flüssigkeit, die einem bei Betreten des Raumes die Augen brennen ließ wie Feuer. In der Flüssigkeit lagen drei leblose Körper, wobei einer von ihnen aus einer Wunde am Kopf blutete, sodass sich die Flüssigkeit um den schwarz gekleideten Körper rasch rot verfärbte, als hätte hier der Weiße Hai ein Gastspiel gegeben. Daneben lag der Professor, wie man unschwer an dem fast pechschwarzen Haarschopf erkennen konnte, der nun dessen Kopf umgab. Unter dem nackten Leib des Professors ragten zwei Beine hervor, die zu einer dritten Person zu gehören schienen, wenn auch der Rest des Körpers komplett unter dem Anatomen verschollen schien. Dafür hörte man nun eine erstickte Stimme.

„Machen Sie ein Selfie oder haben Sie Probleme, es auf Ihren Instagram-Account hochzuladen, oder was? Die WLAN-Verbindung hier unten ist mies. Daher wäre mein Vorschlag, Sie schaffen mir vorher das professorale Ungetüm vom Hals, bevor ich erstickt bin."

Gut, immerhin Unbehagen schien noch am Leben und bei Bewusstsein zu sein! dachte Eberhartinger und kam dem Präparator zu Hilfe.

Sektion 24

Die beiden leblosen Körper wurden auf Bahren zu den Krankentransportwägen gebracht, die mit Sondersignal aus dem Innenhof schossen. Keiner vermochte zu beurteilen, ob ein Transport in die Notaufnahme in Großhadern auch nur für einen der beiden sinnvoll war. Bei beiden war der Puls sehr schwach, sie atmeten noch, waren aber nicht bei Bewusstsein, weshalb sie sofort intubiert und mit einem starken Betäubungsmittel sediert worden waren.

Daraufhin hatte Unbehagen Eberhartinger alles erläutert, was er beitragen konnte. Eigentlich war das aber nicht viel. Vor allem erklärte es nicht, was Nodus – nackt – in dem Tank zu suchen hatte und wer überhaupt dieser Eindringling war.

Um halb drei war Unbehagen schließlich zu Hause ins Bett gefallen und wäre auch heute und damit drei Tage später nicht wie sonst aufgestanden, hätte nicht seine Frau ihn nochmal mit Nachdruck geweckt. Da er momentan nicht reden konnte oder besser gesagt, noch immer keine Kraft hatte, seiner Frau nochmals alles zu berichten, war er sofort zum Dienst aufgebrochen. Jetzt war er bereits seit zwei Stunden in der Anstalt und hatte vor einer Stunde diese Leiche geliefert bekommen, die nun unbekleidet vor ihm lag.

*

Das entfernte Klingeln des Telefons aus seinem Büro riss ihn aus seiner Lethargie. Unbehagen machte auf dem Absatz kehrt und stiefelte zu seinem Schreibtisch. Normalerweise war er durch keinen Telefonanruf der Welt dabei zu unterbrechen, eine Leiche zu fixieren. Heute war aber alles anders, und jede Ablenkung zum Aufschub seiner Pflichten kam ihm sehr gelegen.

„Anatomische Anstalt, Unbehagen am Apparat!", meldete sich der Präparator.

„Großhadern hier, es spricht die Hoffnung. Ich gebe mal weiter", entgegnete es am anderen Ende der Leitung.

Unbehagen, sonst um keine dumme Bemerkung verlegen, war stumm vor Erstaunen.

Eine schwache Stimme meldete sich nach einer kurzen Weile.

„Unbehagen, die oberste Leiche in Tank acht muss an den Armen nachfixiert werden. Mit der Konsistenz bin ich überhaupt nicht einverstanden. Da werden wir sonst Probleme kriegen."

„Nodus, bist du es?", fragte Unbehagen vorsichtig.

Das war nicht zu glauben. Sein letzter Stand war, dass der Professor beatmet werden und zur Blutwäsche musste, weil unklar war, wieviel von der Fixierungslösung durch seine Haut und damit in den Blutkreislauf aufgenommen worden war. Man musste das Blut nun reinigen, damit der gute Professor nicht bei lebendigem Leib von innen fixiert wurde und damit schneller als Körperspender in die Anstalt zurückkehren würde als geplant. Daran musste Unbehagen bei dem Toten von heute Morgen denken, den zu fixieren er nicht imstande gewesen war.

„Klar, Ernst, denkst du denn, dass ich schon bald auf deinem Tisch liege, oder was?"

Jetzt wurde es für Unbehagen endgültig zu viel und seine Bereitschaft, die Undankbarkeit des alten Anatomen auch nur für einen weiteren Moment zu ertragen, war komplett erschöpft.

„Na dann, ich hatte schon eine Extraportion von unserem Zaubertrank vorbereitet, da wir ihn ja immer gewichtsadaptiert einsetzen. Das reicht nun bestimmt für unsere nächsten drei Patienten. Da du jetzt ja bewiesen hast, dass du doch weißt, wo die Körper gelagert werden, und die Zusammensetzung der Lösung sogar schon verkostet hast, nehme ich ab sofort Urlaub. Habe die Ehre."

Damit hatte Unbehagen aufgelegt und fragte sich für einen kurzen Moment, ob er sich vielleicht vor ein paar Tagen einfach etwas mehr Zeit hätte lassen sollen.

Sektion 25

Nodus hatte sich anscheinend doch für die Seite der Lebenden entschieden, was bewies, dass man einen alten Anatomen eben nicht so einfach mit einer Fixierlösung umbringen konnte, da er in seinem langen Berufsleben wohl schon mehr als genug davon aufgenommen hatte.

Für den nächtlichen Angreifer allerdings hatte sich das Blatt zum Negativen gewendet. In den frühen Morgenstunden war der Alarm an seinem Bett auf der Intensivstation angegangen und hatte einen Herzstillstand angezeigt. Obwohl sofort mit der Wiederbelebung begonnen wurde, konnte er allerdings nicht mehr ins Leben zurückgeholt werden. Selbst drei starke Stromstöße vom Defibrillator hatten den Körper zwar zum Aufbäumen gebracht, das Herz allerdings blieb stehen. Es war nicht auszuschließen, dass das Schädel-Hirntrauma beim Aufprall des Kranhakens so heftig war, dass die zunehmende Hirnschwellung zu einer Hirndrucksymptomatik mit Schädigung des Herzkreislaufzentrums geführt hatte. Die Computertomographie, die nach Einlieferung in die Neurochirurgische Universitätsklinik in Großhadern durchgeführt worden war, hatte allerdings keine Hinweise auf eine schwerwiegende Schädigung ergeben.

Aufgrund des vorangegangenen Unfalls, als solcher wurde die Kran-Kollision von der Polizei bis jetzt eingestuft, wurde eine Obduktion in der Rechtsmedizin veranlasst. Prof. Eisenhart bestätigte, dass zwar eine Hirnerschütterung mit einer leichten diffusen Hirnschwellung nachweisbar war. Eine Hirndrucksymptomatik mit Einquetschung im Hinterhauptsloch, bei der das Kleinhirn typische Schnürfurchen davontrug, war aber nicht vorhanden. Der Tod konnte daher nicht als direkte Folge des Traumas gewertet werden. Die toxikologische Untersuchung blieb unergiebig. Es hatten also keine Gifte oder Drogen den Tod herbeigeführt. Eigenartig waren allerdings der ausgeprägte Unterzucker des Attentäters zum Todeszeitpunkt und ein leicht erhöhter Spiegel des Bauchspeicheldrüsenhormons Insulin. Wenn der Täter Diabetiker war und sich zu viel Insulin verabreicht hatte, da er die kommende Verfolgungsjagd mit ihrer körperlichen Belastung nicht hatte kommen sehen, könnte sich daraus eine Erklärung der Todesursache ergeben. Dann hätte das Insulin zum Tod durch Unterzuckerung geführt. Leider blieb all das spekulativ, da die Identität des Mannes nicht aufzuklären war. Es konnte daher auch nicht ausgeschlossen werden, dass sich jemand Zugang verschafft hatte und durch eine Injektion von Insulin nachgeholfen hatte, als der Mann bereits auf der Intensivstation lag. Damit gab es einen dritten Toten in diesem mysteriösen Fall. Ein Nebenbefund der Obduktion war eine nach einer Verletzung schlecht verheilte Achillessehne am rechten Bein, die das auffällige Gangbild erklärte.

Sektion 26

Ob der verstorbene Eindringling ein Auftragskiller war, konnte nur vermutet werden. Völlig unklar blieb auch die Identität der beiden zuvor in der Anatomie abgelieferten Toten. Weder war der bis auf den Kopf komplette Körper, noch die ein paar Tage zuvor an verschiedenen Standorten aufgefundenen Einzelteile zu identifizieren. Die Polizei hatte jetzt also zwei nahezu komplette Tote, die nirgendwo vermisst wurden. Zumindest zunächst. Nach ein paar Wochen wurde doch ein Mann als vermisst gemeldet, und zwar von dessen Eltern. Sein Name war Stefan Calcar. Obwohl der Kopf nach wie vor fehlte, konnten die Eltern den Toten an einem Muttermal auf dem rechten Schulterblatt eindeutig identifizieren. Zur Tätigkeit bei Body parts Inc. konnten sie nichts sagen, da sie nichts darüber wussten. Er hätte immer erzählt, in der Anatomie tätig zu sein, um endlich in die Fußstapfen ihres Vorfahren zu treten, der in Padua zusammen mit dem berühmten Anatomen Vesal die großartigen Holzstöcke angefertigt hatte, die im Jahr 1543 für die Buchpressung in Basel verwandt wurden.

Bei Body parts Inc. war dagegen eine Mitarbeiterin am Telefon erreichbar gewesen, die allerdings auch der Polizei nichts zu früheren Mitarbeitern sagen konnte, da sie erst vor einer Woche die Leitung der Münchner Dependance übernommen hatte und gerade dabei war, sich ins Tagesgeschäft einzuarbeiten. Ungeklärt blieb daher, ob Calcar die Körperteile des unbekannten Verstorbenen an die verschiedenen Anatomien verteilt hatte, um auf die moralisch problematische Situation in seiner Firma hinzuweisen. Auch wie er zu Tode gekommen war und letztlich ohne Kopf in der Anatomischen Anstalt abgelegt wurde, ließ sich nicht rekonstruieren. Für die Polizei war der Fall damit abgeschlossen, solange sich nicht neue Hinweise in dieser Sache ergaben.

Epilog

Alle Inhalte und alle in diesem Roman beschriebenen Personen sind fiktiv.

Die Anatomische Anstalt dagegen gibt es wirklich in München. Sie dient der Ausbildung von Ärztinnen und Ärzten der beiden Münchner Universitäten, der Ludwig-Maximilians-Universität (LMU) und der Technischen Universität München (TUM).

Real ist leider auch die Industrie, die Leichenteile für Fortbildungszwecke verkauft.

*

Natürlich habe ich mir oft die Frage gestellt, ob ein Anatom nun nach Fachbüchern und einem Sachbuch auch noch einen Krimi schreiben muss. Von den berühmten Kollegen aus der Rechtsmedizin kennt man das ja schon. Aber wie ich in dem Büchlein „Mensch – einfach genial. Die Anatomie zwischen Locke und Socke" schon erläutert habe, sind die Rechtsmediziner auch viel smarter und skurriler als wir Anatomen. Und die Fälle der Rechtsmedizin, die sich damit auseinandersetzen, wie Menschen durch Gewalteinwirkung oder Unfälle zu Tode kommen, sind zum Teil auch so abgedreht, dass man sie sich selbst mit einem phantasievollen Geist so nicht ausdenken könnte. Dagegen ist das Leben von uns Anatomen ja beschaulich. Das hat man dem Arbeitsalltag von Nodus schon entnehmen können. Obwohl man sagen muss, dass auch dieser nur wenig mit dem tatsächlichen Berufsleben eines Anatomen zu tun hat, da die meisten von uns neben der Lehre tatsächlich ihren Forschungsprojekten nachgehen und sich eine berufliche Tätigkeit ohne Forschung gar nicht vorstellen könnten. Daher ist die Darstellung des Lebens von Nodus sicher zu einem Teil romantisiert. Auszuschließen ist es aber nicht, dass an ein paar „Glücklichen" die letzten Jahrzehnte spurlos vorbeigegangen sind und diese tatsächlich noch vor sich „hin-nodussen".

Die Person des Nodus habe ich vor ein paar Jahren mal als Alter Ego für ein paar Videofilmchen auf der Lernplattform quoWADIs ersonnen, die ich zusammen mit dem Graphik-Designer und Anästhesisten Dr. Andreas Dietz betreibe. In meinen Augen ist Nodus ein echter Charakter! Immer wieder bedauere ich, dass uns Anatomen oder Professoren allgemein eine gewisse Kauzigkeit sogar ein wenig abgeht, die den Unterhaltungswert unseres Unterrichts und damit auch die Halbwertzeit des von uns vermittelten Wissens erheblich steigern würde. Zumindest wenn man den Geschichten aus der Medizinergeneration unserer Väter Glauben schenken darf, von denen sich inzwischen viele als „urban legends" an den Universitäten halten. Interessant ist dabei, dass die Studienzeit und damit auch die Protagonisten in der Lehre im Nachhinein, wie alles andere ja auch, über die Jahre meist verklärt und glorifiziert werden, obwohl sich oft Hinweise finden lassen, dass die Zeitgenossen im Umgang alles andere als angenehm und gerecht waren oder gender-korrekt im Ausdruck agiert hätten. Heute ist das ganz normal, da bereits beim Hochladen auf Instagram und anderen Social media-Kanälen das Leben hemmungslos geschönt wird.

Die Gründe für die fehlende Kauzigkeit liegen sicher auch darin, dass man im Laufe einer Universitätslaufbahn durch die ausgeprägten Abhängigkeitsverhältnisse und nie endenden Evaluationen als Persönlichkeit so glattgeschliffen wird, dass man sich an die früheren Ecken und Kanten des eigenen Charakters nach ein paar Jahren meist selbst nur noch schwach erinnern kann, z. B. wenn man mit Bildern aus der eigenen Vergangenheit konfrontiert wird.

Inwieweit übrigens die Figur des Nodus autobiographische Züge mit einer desillusionierten Zukunftsprojektion verbindet, kann ich selbst noch nicht abschließend beantworten. Macht aber nichts, da ich es wohl auch nie gefragt werde!

Ob Nodus nicht nur eine Vergangenheit, sondern auch eine Zukunft hat, weiß ich ebenfalls nicht.

Die Idee zu diesem Krimi basiert allerdings auf einem ernsthaften Anliegen. Die Problematik, dass kommerzielle Anbieter Leichenteile für klinische Kurse anbieten, ist nämlich sehr real. Wir Anatomen sehen hier ein echtes Problem. Es handelt sich dabei nicht um illegale Aktivitäten. Trotzdem möchte ich ein Bewusstsein dafür schaffen, dass die Würde eines Menschen nicht mit dem Tod endet. Daher sind wir Anatomen der Überzeugung, dass auch nach dem Tod nur dann eine anatomische Sektion durchgeführt werden darf, wenn die Person dies in ihrem Vermächtnis so festgelegt hat. Und das ist bei den kommerziellen Anbietern nicht immer sicherzustellen!

Danksagung

Die Idee zu diesem Krimi kam mir während eines Familien-Urlaubs in Florida um Ostern 2019. Nachdem wir auf Key West bereits genügend Stunden die Sonne genossen hatten, es aber für das Abendessen auf dem recht windigen Zeltplatz noch zu früh war, verbrachten wir täglich ein paar Stunden in einem Kaffee-Haus, und ich begann zu schreiben. Diese Situation schildert sehr gut, wie verständnisvoll mich meine Familie im Beruf und auch bei der Umsetzung von Buchideen unterstützt. Dafür danke ich meinen drei Lieben sehr!

Über einige Monate dümpelte der Roman so vor sich hin und ich ergänzte hier und da mal wieder ein Kapitel. Erst im Lockdown der Corona-Pandemie packte mich der Ehrgeiz, zumindest das Manuskript fertigzustellen.

Nach verschiedenen Umwegen und langen Selbstzweifeln habe ich dann beschlossen, das Buch im Selbstverlag über quowadis zu veröffentlichen. Dabei möchte ich ganz besonders meiner Frau Susanne und meiner Freundin Dr. Sonja Deppisch danken, ohne deren Unterstützung ich mich dazu nie hätte durchringen können. Susanne fand die Geschichte gut, was mir sehr viel bedeutet, da sie bei der Lektüre des Manuskripts zu „Mensch einfach genial" bereits nach den ersten Seiten eingeschlafen ist. Susanne hat mich immer wieder ermuntert, mich nicht entmutigen zu lassen. Mit Sonja habe ich lange Diskussionen geführt über Sinn und Unsinn des Projekts, die Intentionen und die Frage nach dem Nutzen einer Veröffentlichung, Überlegungen zu Pseudonymen usw. Auch kritische Einwürfe, ob man vielleicht Exit-Meilensteine definieren und als solche wahrnehmen sollte, waren sehr hilfreich, da sie mich letztlich zu der Überzeugung gebracht haben, dass ich es spannend finde, ein Buch komplett selbst zu gestalten und herauszugeben.